青春之光

● 陈广斌 著

杨小伟烈士

幸福一家人

阳光男孩

杨小伟和他的小伙伴们

青涩的爱恋

风华正茂

师生情深

苦炼成钢 　　　　　　　　　　　　　　　　　　　　蜘蛛侠

战友情深

烈焰滔天

2015年1月2日21：35分灭火中的英雄

哈尔滨"1·2"大火现场

最后的回眸

冰火交锋

追悼会现场

烈士回家

新浪内蒙古出品

2015年1月9日,杨小伟烈士的骨灰安放仪式在内蒙古革命烈士陵园举行。1月2日下午,哈尔滨道外区太古街727号日杂仓库发生火灾,扑救过程中,5名消防战士牺牲,其中一位是来自呼和浩特市清水河县的杨小伟。

文图/煌见视界

魂归故里

军功章

最美英雄母亲

作者、杨小伟父母与杨小伟部队战友合影

目 录

一、冰雪与火焰 …………………………………… (1)
二、烈火中的凤凰 ………………………………… (7)
三、青春谱壮歌 …………………………………… (15)
四、故乡觅踪 ……………………………………… (20)
五、金色童年 ……………………………………… (23)
六、自古杨门出虎将 ……………………………… (27)
七、英雄的土地 …………………………………… (33)
八、愉快的暑假生活 ……………………………… (40)
九、女英雄的故事 ………………………………… (46)
十、小小收藏家 …………………………………… (52)
十一、被锁在图书馆里的小读者 ………………… (55)
十二、瓜果成熟的季节 …………………………… (58)
十三、雪地救牛犊 ………………………………… (64)
十四、夏令营的歌声 ……………………………… (68)
十五、冰面上传来呼救声 ………………………… (75)
十六、床前孝心 …………………………………… (80)
十七、母校之恋 …………………………………… (83)
十八、红旗与朝霞共舞 …………………………… (93)

十九、寄情山水间 …………………………………… (102)
二十、在打工的日子里 ………………………………… (110)
二十一、穿上绿军装 …………………………………… (116)
二十二、魂归故里 ……………………………………… (121)
二十三、浩气长存 ……………………………………… (129)

附录:歌颂英雄杨小伟诗词选 ………………………… (148)
后　记 …………………………………………………… (182)

一、冰雪与火焰

这是一个寒冷的冬天。

晶莹的雪花为东北大地披上了一件洁白灵秀的外衣。冰城哈尔滨像一颗玲珑剔透的明珠,镶嵌在松花江畔。昔日奔腾不息的松花江,此时已完全凝固了,平静的江面像一条透明的玉带铺展在东北平原上。

新年的钟声刚刚响过,人们送走了难忘的2014年,迎来了新的一年——2015年。此时,哈尔滨已进入哈气成雾、滴水成冰的季节。气温骤降至零下25摄氏度。然而,对于耐寒的哈尔滨人来说,这样的低温早已司空见惯,不足为奇。

坐落在北纬46度的哈尔滨,是一座与冰雪相伴、与冰雪相生、与冰雪相长的城市。居住在这里的人们,似乎对冰雪有一种特殊的感情,所以,严寒的气候丝毫阻挡不了人们户外活动的热情。

此刻,从松花江光滑如镜的冰面上传来孩子们的笑声。爱好滑冰的人们在冰场上你追我赶,互相追逐,闪光的冰刀在冰面上划出一道道美丽的弧线。

放了寒假的小学生们,在冰面上滚冰玩雪,打起了雪仗,玩起了冰尜尜。皑皑白雪映衬着红扑扑的小脸,玩得十分开心。小姑娘脖子上的红纱巾在风中飘扬,像一缕燃烧的火苗。一对年轻夫妇推着小冰车,在冰面上奔跑,坐在冰车上的小家伙发出欢快的笑声,一家三口其乐融融。

冬季的太阳岛更是热闹非凡,一年一度的冰雪博览会正在这里举行。哈尔滨的冰雪节早已誉满全国,吸引了国内外众多的游客,被誉为"世界上最大的冰雪狂欢节"。千姿百态的大型冰雕,玲珑通透,美轮美奂;再看那造型奇特、五光十色的冰灯,不停地变幻着色彩,犹如万盏霓虹。灯光照射在冰面上,若隐若现,如梦如幻。游人徜徉在太阳岛上,犹如进入人间仙境。

爱好冬泳的人们,不畏严寒,破冰击浪,在刺骨的冰水中畅游,尽现青春活力。在远处的冰面上,一场冬捕活动正在紧张而热烈地进行着。冬捕本来是一项生产劳动技能,可当地渔民将它开发为一项旅游项目,引来不少游客围观。2015年新年的第一网鱼拉出了水面,肥硕的鱼群在网中活蹦乱跳,游客和渔民们分享着丰收的喜悦……

热爱生活的哈尔滨人民,正沉浸在新年的欢乐气氛之中。

2015年1月2日13时14分,哈尔滨市119消防指挥中心的办公室里响起了急促的报警铃声。有人报警:"道外区南勋街与南头道街交口处的北方南勋大市场发生了火灾!"

情况十万火急!

随即,道外大街上响起了消防车刺耳的警笛声,一辆辆红色消防车呼啸而过。此时,刚刚执行完任务的化工路消防中队的战士们正在返回营房驻地的途中。半路上,队长刘纲接到上级电话:"道外南勋大街北方南勋大市场发生大火,命令你队火速赶往起火现场,全力投入灭火战斗!"

没有半点迟疑,刘纲立即率领消防战士直奔火场。同时命令驻守在营地的其他战士全部赶来支援。13时24分,全队31名战士9辆消防车全部出动了。

坐在第一辆消防车上的是战斗一班班长杨小伟和他的3名战友。杨小伟这个内蒙古籍的战士,1.65米的个头,白里透红的脸庞上,眼里透露出一股英俊睿智的光芒。

在化工路消防中队里,杨小伟是个有名的乐天派,他活泼开朗,性格阳光,身上有一股内蒙古西部人特有的豪爽气质。入伍4年来,他参加过无数次的灭火战斗,和战友们一起救出无数受灾群众。今年虽然不满23周岁,可在中队里他俨然是一个久经沙场的老兵了。化工中队共有5个班,他是战斗一班的班长,其他4个班的班长都接受过他的培训。

在队长刘纲眼里,杨小伟是全队的骨干和尖子。不管多么艰巨的任务,只要交给杨小伟,他便感到踏实和放心。

此刻,杨小伟坐在第一辆消防车上,表情凝重,全神贯注地注视着前方。他和战友刚刚从火场上下来,湿透的消防服在寒风中早已结成了冰碴,就像穿了一身坚冰织成的铠甲。然而他们已经顾不得这一切了,此刻他们心中只有一个目标——火灾现场。

消防车只用了5分钟时间便赶到了起火地点——道外区北方南勋大市场。只见这里浓烟滚滚,大火吞噬了整个建筑物。这是一座建造于1994年通高11层的老楼,四层以下是商业店铺和仓库,上面则是居民楼。起火地点位于大楼的第二层,着火的大市场处于太古不夜城小区建筑内,与整个小区连为一体。大楼内部结构复杂,商户众多,仓库内储存着大量易燃物品,大多为纺织品、塑料制品和日用百货。

哈尔滨的冬季气候干燥,风力大。仓库起火后,火借风势,风助火威,很快便蔓延至楼上各层。居民楼的窗户里冒出了滚滚浓烟。

面对如此严峻的形势,杨小伟的第一个念头是"救人要紧"!此时,消防车上的9节拉梯升起来了,杨小伟让副班长侯宝森和另外两名战友用水枪掩护,自己则奋不顾身地顺着拉梯冲进居民楼内。

在一个房间里,杨小伟发现一个老大爷已被烟火熏倒,他立即冲上前去将老大爷背出火海。第二次返回居民楼内后,听到一个小孩的哭叫声,可是房间的大门已被烟火封堵。在大火的炙烤下,房门已经变形,无法打开。杨小伟用随身携带的消防破拆斧破门而入,将小孩抱出火海,小孩得救了。

……

就这样,杨小伟往返多次,冒着浓烟烈火七进七出,从火海里救出9个被大火围困的老人、小孩和妇女,并将楼内几十名群众疏散到安全地带。群众感动地说:"消防战士不顾个人安危,搭救了我们的性命,他们是这座城市最可爱最可敬的人!"

杨小伟和副班长侯宝森带领全班战士奋力扑救,水枪喷出的水柱在建筑物上结出了一米长的冰溜子。这是一场冰与火的战斗,这是一场生与死的较量。大街上积水和冰碴混合在一起,形成一条冰道,战士们踩着深深的冰水,拖着沉重的水袋,向火点靠近。冰水灌进鞋子里,冻得双脚麻木,身上的战斗服已冻成了冰坨子。靠近火点后,消防服前胸冰块被大火融化,化为蒸汽,后背则是冰水流淌,真是冰火两重天。

杨小伟抱着水枪始终冲在最前面,因为他知道,在消防战士的字典里只有一个字——冲。火,就是敌人,你不消灭它,它便会吞噬你。在火光面前不能有丝毫的退缩,水火不留情啊!杨小伟手中的高压水枪始终没有停止过。由于天气非常寒冷,水枪通过消防水袋打出的水很快便会结冰。一旦停止喷水,水不流动了,水袋内的水在几秒钟内便会结冻凝固,不仅会堵塞枪口,还会加重水袋的重量,后果不堪设想。消防战士们踏着冰雪前进,迎着烈火而上,为了保卫群众的生命和财产,他们早将生死置之度外。火光映红了青春的脸庞,浓烟中闪现着青春的身影。杨小伟这个22岁的年轻士兵,深知只要穿上这身战斗服,就意味着面对危险。对于一个消防战士来说,不是养兵千日、用兵一时,而是养兵千日、用兵千日。因为火灾和各种险情是不会选择时间和地点的,它随时随地都可能发生。

杨小伟和他的战友们随时随地都做好了准备,应对各种各样的突发事件。人们常用"赴汤蹈火,在所不辞"这句话来形容一个人的英雄气概——也许当你看到消防战士像金色的凤凰出入于火海之中时,你才能切身体会到这句话的真正含义。

这便是消防战士的职责和担当。

下午4时,血红的晚霞映红了天边。此时,杨小伟和他的战友们已在大火中连续奋战了8个多小时,局部火势得到控制。在这个节点上,队长刘纲下令让战士们下来轮流吃饭,稍事休息,以便补充体能,恢复体力。

刘纲,这个36岁的钢铁汉子,算是消防战线上的老兵了,他从1999年入伍至今,经历了上千次灭火战斗。然而像今天这样的大火他还从来没有见过。看着一个个战士被烟火熏黑的脸庞,他十分心疼,因为他最了解消防战士的苦。战士们连

一、冰雪与火焰

续8小时没有进食,体力消耗很大,他自己的胃病也犯了,肠胃像拧绳似的隐隐作痛。

这时杨小伟给他递过一杯热水来。他心里立刻涌起了一股暖流,心想:在这冰天雪地里,小伟从哪里弄来这杯热水呢?喝了几口后,感到胃里舒服多了。他将剩余的半杯水又递给小伟。小伟说:"我没胃病,你全喝了吧,不然马上就凉了。"

在朝夕相处的日子里,刘纲早已摸透了每个战士的脾气和秉性。杨小伟这个内蒙古籍战士,性格刚烈,意志顽强,在每次战斗中,他总是冲锋在前、撤退在后,把最困难的任务留给自己。而在平时生活中,他却非常细心,对班里每一个战士关怀备至,充满无限爱心。班里的战友病了,或者有个头疼脑热的,别人还没发现,杨小伟却觉察到了,他会在第一时间通知厨房,做病号饭,并亲手将病号饭送到战友面前。

有时,战友们的亲属来部队探亲,杨小伟总是跑前跑后,悉心照顾。一次有个南方籍战士的亲属来了,吃不惯北方的牛羊肉,他便亲自到饭馆订餐,让亲属吃上可口的饭菜。中队里的战士来自祖国四面八方,口音不同,口味也不同,比如四川人爱吃辣椒,广东人爱吃甜食,山西人爱吃面条加醋,云南人爱吃米粉,这些细节问题,小伟都掌握得一清二楚。

在刘纲眼里,小伟是个胆大心细的好班长,执行任务英勇果断,对待同志和风细雨,颇有几分"侠骨柔情,琴心剑胆"的气质。

当过兵的人都知道,在人间所有的友情中,最深莫过于战友之情了。他们在一个床铺上睡觉,在一个盘子里吃饭,在一个战壕里作战——这是一种血肉凝成的友情。

在短暂的休息中,战士们坐在雪地上,吃着冰冷的盒饭,喝着冰凉的矿泉水。瓶里的水喝完了,他们就直接喝水枪里灭火用的水。然而他们没有任何怨言,他们已经习惯了这种生活。

这时附近的居民送来了烧好的姜糖水和热气腾腾的米饭。原来,火灾发生后,附近的商店和餐馆都关门停业了,有几家餐馆和居民看见战士们在冰天雪地里野餐,深受感动,他们主动将熬好的姜汤和热饭送了过来。

消防战士们感动至极。

杨小伟在吃饭过程中,一边吃一边注视着眼前的火灾现场,谋划着下一步的行动。他对刘纲说:"队长,看这形势的发展,我们还要再出一支水炮,掩护阵地,不然内攻撤出来之后,阵地上的火势不好控制。"

刘纲知道杨小伟是个胆大心细的人,遇到困难爱动脑筋,绝不蛮干。每到关键时刻,总能分析形势,提出合理化建议。不过今天的火势与以往不同,这里街道狭窄,冰水塞道,地形复杂,架设水炮不是一件容易的事。

望着杨小伟坚毅的目光,刘纲还是有些犹豫:"你有把握吗?水炮架设和固定可是很难的啊!不是那么轻松就能保证供水不间断啊!"

听了队长的话,杨小伟脸上露出自信的笑容,用一种非常坚定和决绝的语调说:"队长,我有信心。一会儿吃完饭,这个任务你就交给我和宝森吧。正好今天的火场新兵们都来了,这是一个绝好的机会,让新兵们也学习一下。"

不论在任何艰难困苦的场合,不论多么艰巨的任务,杨小伟总保持着一种乐观向上的情绪,他的情绪感染着班里的每一个战士。看着杨小伟坚定的表情和内蒙古人骨子里的乐观笑容,刘纲放心了,说:"好吧,给新兵一个学习的机会,你和宝森带着他们上!"

二、烈火中的凤凰

大火仍在继续燃烧。

在这场特大火灾现场,共结集了25个消防中队。515名消防官兵在浓烟滚滚的火海中,在极端严寒的天气里,用血肉之躯,用青春生命,与肆虐的火魔进行着一场殊死的搏斗。此时,化工中队第一战斗班稍事休息后,在班长杨小伟的带领下,重新投入战斗。当他们确认楼内居民已全部撤出后,决定由内攻转入外攻尽快遏止火魔的嚣张气焰,直至完全将火扑灭为止。

杨小伟和副班长侯宝森抱着高压水炮,拖着长长的沉重的水袋向火点靠拢。从窗户中喷出的火苗像毒蛇般舔着战士的面孔、衣服和双手。燃烧的塑料制品散发出刺鼻的气味,呛得战士们喘不上气来。

杨小伟带领战友们拖着水炮和水袋,奋不顾身地向前靠近、靠近。由于街道狭窄,消防车无法到达核心位置,需要将长长的水袋串联起来。此时,战士们的衣裤已被冰水冻成坚硬的板块,行动起来十分困难。他们就用消防斧将腿上的冰板敲碎,继续向前冲。

入伍以来,杨小伟经历了无数次灭火战斗,积累了丰富的作战经验。他深知,在如此严寒的气候条件下必须保持清醒的头脑,因地制宜,科学地进行施救。他告诫战士们,灭火水源不能冻结,消防水泵不能停止运转,一旦停止,水泵就可能被冻死;铺设的水袋不能停止供水,要源源不断向外输水,不然水袋便会结冰堵塞。

为了保证水流畅通,他们一边拖着水袋前进,一边向外喷水。水花像暴雨似的打在他们的头上、脸上、衣服上,浑身上下湿淋淋的,仿佛刚刚从水里钻出来的一样。

水炮终于架设起来了。

消防水炮是一种大型灭火设备。它集探测火情和灭火功能于一体,能自动调整喷水嘴对准火点。在救火过程中,具有自动探测火灾、自动发出警报、联动设备控制信号等功能。

在杨小伟和战友们的操纵下,高压水炮像一条愤怒的水龙,从嘴里吐出汹涌的水柱,直射高空。强大的水流压住了火魔的气焰,为消防战士杀出一条血路,打开一条通道。

班里有几名新战士,他们是刚刚入伍不到一年的新兵,老战士都叫他们"新兵蛋子"。这些新兵初生牛犊不怕虎,看看火势稍一减弱便抱起水枪往上冲。

杨小伟连忙制止了他们的盲目行动,因为他知道,今天的大火非同寻常,新兵们只凭一股热情盲目攀登会有很大的危险。他对新战士说:"你们在下面扶梯掩护,我和宝森上。"说着他系好了安全绳,顺着拉梯敏捷地爬上三楼。

只见他从这个窗口跳到另一个窗口,不间断地往室内打水。三楼的火势得到控制后,他又迅速地爬上四楼,他的动作干净利索,身轻如燕,像猴子一样攀上爬下。新战士在下面看到后,啧啧称奇。

小伟过硬的本领,得益于他平时的刻苦训练。

每天,起床号一响,他总是第一个跑进训练场。先做3000米长跑,这只是热身训练。接着是体能训练,练单杠、双杠,做俯卧撑,举杠铃,一做就是几百下。一天下来整个身体就像散了架似的。

在技能训练中,他更是一丝不苟。走独木桥、跨越障碍物、钻火圈、挂钩梯、攀登模拟训练塔,一遍又一遍地反复训练。

训练塔是搭建在场地上的模拟建筑物,用木板和钢材搭建成居民楼的形状,有十几层高,上面有窗户和阳台,为的是让消防战士训练攀登技术,锻炼胆量。

刚刚入伍的那阵子,小伟爬到五六层后,便感到头晕目眩,心中十分害怕。这是人类本能的心理反应,这种恐惧感就是通常所说的恐高症。根据研究表明,百分之九十以上的人在高空都会产生恐惧的感觉。怕高更多的来自与生俱有的自我防御机能,是人类天生的本能反应。假如你站在悬崖边上,你会感到随时都有掉下去的可能,从而提醒自己停下脚步向后退,这份恐惧感是人类得以自保的重要心理保障。

然而,对于一名消防战士来说,面对高耸的大楼,面对万丈深渊,他不但不能往后退,反而要勇敢地冲上去,用自己的生命来保护人民群众的生命。

为了克服恐高症,小伟不知在训练塔上洒下多少辛勤的汗水。每天他在训练塔上爬上爬下,一练就是一百多层的高度。功夫不负有心人,如今他站在30多层的大楼上如履平地一般。

在救火现场,小伟始终战斗在最前沿,他将身体悬挂在大楼外,犹如从天而降的蜘蛛侠。这时,一团火球跌落下来,正好砸在离他五六米远的副班长侯宝森的头盔上,顿时火花四溅,宝森处境十分危险。小伟立即用水枪喷灭了周围的火焰,为他降温。

消防头盔和消防战斗服虽然有良好的防火性能,然而一旦被火球击中,在温度徒然升高的情况下还是会灼伤皮肤。小伟爬到侯宝森身边,为他灭掉身上的火星,让他先下去休息一会儿。

宝森说:"没事!"说完又冲入火海继续战斗。宝森是个性格内向的小伙子,平时话不多,但作战时就像一只小老虎一样。

这时楼顶上的燃烧物不时地向下跌落,两个战友在空中互相鼓励、互相增援,水枪喷出的水柱形成交叉火力,掩护对方。

榜样的力量是无穷的,站在下面的新战士看到这惊心动魄的一幕,再也按捺不住心中激情。两个新战士顺着拉梯爬了上来,前来增援。小伟一边用水枪喷水,一边大声呼喊着:"小心火球,注意自身安全!"

小伟在空中看到,起火的大楼与周围的建筑仅有一街之隔,如果火势不能尽快得到有效控制,将会蔓延到其他楼房,形成火烧连营的惨烈局面,后果不堪设想。几千户居民,几万条生命,将会受到严重威胁。情况危在旦夕,百姓的心在烈火中煎熬。

此时此刻,杨小伟深深感到"消防战士"这个称号的分量。所谓消防战士,就是在人民群众的生命、财产受到严重威胁的时候,奋不顾身地冲上前去。消防战士的位置就是在战场上,这个战场就是火场,就是惨不忍睹的灾难场合。只要站在这个位置上,就意味着危险、奉献和牺牲。

在和平年代里,消防战士的职责尤为重大。哪里有灾情,哪里就有消防战士的身影;哪里最危险,消防战士就往哪里冲。消防生涯是牺牲概率最高的职业。而杨小伟和他的战友们偏偏选择了这个最危险的职业,并且义无反顾,勇往直前,含笑面对。

火魔像一头疯狂的野兽,张开血盆大口企图将整个大楼吞噬。美丽的冰城在燃烧,周围的居民在浓烟毒雾中呻吟。

消防勇士踏烈火!
万丈豪情战恶魔!

救火现场,消防车的汽笛声、水泵的震动声、高压水炮的水浪声、指挥员的哨子声……混杂在一起,震耳欲聋。地上的水袋纵横交错,水炮水枪射出的水流在空中形成密集的水网,封锁火势的蔓延。数百名消防战士,用血肉之躯筑成了一道严密的防火墙。

夜幕降临了,火光映红了天空,滚滚浓烟像乌云般在空中翻卷。看完冰雕、冰灯的市民们在回家的路上经过此处,他们被眼前的火灾现场惊呆了。远远看去,起火的大楼就像正在喷发的火山,巨大的蘑菇状烟云在天空上升腾,整座建筑成了一座火焰山。

火光映衬着消防战士的身影,他们像金色的凤凰在烈火中飞翔。

1月2日晚9点30分左右,经过8个多小时的奋力扑救,火势虽然有所减弱,但并未完全得到有效控制。在化工中队的救火点上,中队长刘纲和班长杨小伟在现场分析了情况,原因是战士们在楼外打水,水还没等打到起火点,便被几百度的

二、烈火中的凤凰

高温火焰化为蒸汽。刘纲当即决定带领5名战士进入楼层内部,对火点直接打水,以便有效控制火势的蔓延。

他们从二楼半的位置进入楼内。杨小伟和侯宝森冲在最前面,抱着水炮打水,刘纲带领3名战士用水枪掩护,交替前进,并随时观察楼内的动静。战士罗刚手执消防破拆斧紧随其后,钟王伟和张兵在后边顺水袋,以免供水间断。5个人配合得十分默契,一切看来都很正常。可是当他们向前推进5米时,险情发生了,头顶上的楼板在没有任何预兆的情况下突然坍塌。眨眼间工夫,冲在最前边的杨小伟和侯宝森便消失在浓烈的烟尘之中,巨大的气浪把刘纲、钟王伟和张兵掀翻在地……

刘纲被一块下落的石头砸中头盔,顿时脑袋发蒙,双眼冒着金星。他下意识地双手向后一展,将钟王伟和张兵护在身后。

据后来刘纲回忆:"楼板坍塌的瞬间,我的双腿已没有了知觉,可我知道,小伟和宝森还在前面。把罗刚推到身后,我就往前爬,看到小伟,我就抓住他的左脚往回拽。此时上面的房梁又塌下来了,正好砸中了小伟。我眼前一阵眩晕,大声喊着:'小伟——小伟'——"

小伟被乱石砸到了楼下,既看不到他的身影,也听不到他的回音。刘纲大声向楼下喊道:"底下还有谁?"这时楼下传来回应:"还有我,侯宝森。"

刘纲向下望去,里面漆黑一片,只能隐隐约约看到侯宝森头盔的光亮。这时宝森的双腿已被坍塌的楼板压住了,动弹不得,但意识还很清醒。刘纲往他头灯的位置扔了瓶矿泉水,让他坚持住,并告诉他,战友们正在积极营救。

刘纲和战友们用液压顶杆顶住楼板,企图顶出空隙让宝森爬出来。可是楼板已经酥脆,一顶就断。刘纲迅速爬出楼外,指挥战士们破墙开洞,准备进入内部援救。就在这时,楼内又一次坍塌,杨小伟、侯宝森再次被掩埋在灼热的废墟中……

坍塌发生后,除了受伤的3名战士被送往医院外,化工中队所有指战员都没有撤离现场。他们含着眼泪在火灾现场搜寻失联的战友杨小伟、侯宝森。

此时,哈尔滨市消防支队指挥部投入重兵从四面对明火进行合围。在4个作业面上,每个作业面战斗力量都达到四五个中队。从起火到现在一天一夜过去了,消防战士没有换衣服,没有合眼,他们只有一个念头,迅速扑灭明火,营救失联的战友。

　　1月3日清晨6时20分，火势得到有效控制。消防战士冒着依旧升腾的浓烟，踏着灼热烧焦的废墟，开始全力搜寻被掩埋的失联战友。在搜救现场，既不能用大型挖掘机，也不能用锋利的铁器。他们只能用双手搬动烫手的石块和烧焦的建筑物碎片，双手被磨出了鲜血。此时此刻，他们早已忘记了疼痛，忘记了疲倦。

　　12时30分，在化工中队作业点上的废墟中发现了一只靴子，经过辨认是侯宝森的靴子。当时他被楼板压住了，奋力爬出时，靴子落在了楼板下。人们搬起楼板，发现了侯宝森。13时15分，掩埋在最深处的杨小伟被最后找到。只见他怀里紧紧抱着移动水炮，保持着战斗的姿势。杨小伟这个90后战士，在牺牲的一瞬间仍在保护着部队的装备。此时，距北方南勋大市场起火已过去24个小时，距昨晚楼体坍塌已过去16个小时。当两名英雄的消防战士被送往医院后，已经没有了任何生命体征。

　　化工中队的战友们悲痛欲绝，精神几近崩溃，他们不肯相信这是事实。两位战友的音容笑貌，不时地映现在他们眼前。和杨小伟同班的战士宋澎回忆说，当时他跟着班长杨小伟在三楼救火，他问班长需不需要帮忙。杨小伟斩钉截铁地回答："不用，你快到楼下帮助别人吧！"宋澎刚走到楼下没多久，只听轰隆一声，楼房便坍塌了。"是班长这句话，救了我的命！而他自己却被掩埋在废墟之中。"说到这里，宋澎已泣不成声……

　　大火持续了24个小时才被基本扑灭，历经明火复燃、楼体坍塌与墙体二次坍塌，起火建筑已成一片废墟。515名公安消防官兵投入了这场人火大战，549户居民、临街商户被疏散，2000多人被带离火场，无一伤亡。在这场特大火灾中，共有5名消防战士献出了青春与生命，他们用自己年轻的生命谱写了一曲悲壮的英雄赞歌。他们是：

　　杨小伟：1992年2月9日出生。2010年12月1日由内蒙古自治区呼和浩特市清水河县应征入伍，服役于武警哈尔滨市消防支队化工中队。2013年5月加入中国共产党。战斗一班班长，武警下士军衔。

　　侯宝森：1994年7月29日出生。2011年12月1日由内蒙古自治区呼伦贝尔市鄂伦春自治旗应征入伍,服役于武警哈尔滨市消防支队化工中队。战斗一班副班长。中共预备党员。武警下士军衔。

张晓凯:1995年5月24日出生。2012年12月1日由河北省邢台市沙河市应征入伍,服役于武警哈尔滨市消防支队平房开发区中队。武警下士军衔。

傅仁超:1995年10月28日出生。2012年12月1日由辽宁省辽阳市辽阳县应征入伍,服役于武警哈尔滨市消防支队平房开发区中队。武警下士军衔。

赵子龙:1996年7月25日出生。2014年9月1日由吉林省长春市榆树市应征入伍,服役于武警哈尔滨市消防支队道外中队。武警列兵军衔。

3日,国务委员、公安部长郭声琨在公安部指挥中心通过视频调度指挥哈尔滨"1·2"火灾救援处置工作。他代表公安部党委对牺牲的消防战士表示沉痛哀悼,对牺牲战士家属和负伤的消防战士、现场保安人员等表示亲切慰问,并要求全力做好伤员救治和牺牲战士的善后处理和家属安抚工作。公安部党委委员、政治部主任夏崇源率公安部工作组抵达哈尔滨,看望并慰问哈尔滨"1·2"火灾救援中牺牲的消防战士家属和受伤人员,并赶赴火灾现场指挥协调火场救援工作。黑龙江省委书记王宪魁参加现场指挥协调火场救援工作并一同看望慰问。

杨小伟等5名消防战士牺牲后,《人民日报》、中央人民广播电台、中央电视台、《黑龙江日报》、《哈尔滨日报》、《中国青年报》、《人民公安报》、《内蒙古日报》等全国各新闻媒体、网站及时重点报道了烈士们的英雄事迹。消息铺天盖地而来,传遍了全国各地。烈士们的英雄壮举感动了全国各族人民,广大民众沉浸在巨大的悲伤和惋惜之中。他们自发地采用各种方式举行悼念活动。

杨小伟在救火中英勇献身的消息传到数千公里之外的呼和浩特市,杨小伟的父亲杨贵良、母亲岑玉兰听到这个噩耗后,犹如晴天霹雳,五雷轰顶,立刻瘫倒在地泣不成声。他们怎能接受这残酷的现实啊!二十来岁的小青年,在父母眼里还是个未脱稚气的孩子,是家中唯一的宝贝,是父母的掌上明珠。

一个风华正茂的小青年,就这样匆匆地走了,来不及叫一声爸爸妈妈,来不及打一声招呼便在这个世界上消失了。对于父母而言,简直就是天塌了下来。赖以生存的精神支柱折断了,他们悲痛欲绝,真不知今后该怎样活下去。

杨小伟的父亲杨贵良已年近半百,并患有心脏病,去年才安放了心脏支架。母亲岑玉兰更是因过度悲伤已经不能自己行走。在儿子眼中,他们是老人,其实他们并不算老,他们过早地遭遇到失去爱子的巨大痛苦,遭遇到人生最大的不幸。白发人送黑发人,这突如其来的打击令人难以承受。

1月8日,隆冬的哈尔滨冰天雪地,寒风凛冽。哈尔滨市委、市人民政府和数千名群众在哈尔滨天河园殡仪馆为杨小伟等5位烈士举行了隆重的追悼会。千余平方米的前厅内,摆满了烈士遗属、生前好友、市民群众等社会各界送来的花圈和菊花。一幅幅挽联催人泪下,"赤子忠心昭日月、一腔热血佑冰城"、"送战友洒泪如雨、怀壮士泣血长歌"、"英雄已逝、浩气长存"……5位烈士身着笔挺的军装,在鲜红的党旗的覆盖下,静静躺在鲜花翠柏的棺椁中。此时的他们宁静安详,只有脸上的伤疤在无声地叙述着楼房倒塌时他们所遭受的痛苦。在低回的哀乐声中,人们默然肃立,向5位烈士默哀。消防官兵代表向他们的好兄弟、好战友敬献花篮,悲伤的气氛在大厅内弥漫。

公安部消防局政治部主任梁志能,黑龙江省和哈尔滨市领导陈海波、杨东奇、孙永波及宋希斌、王颖、姜明等出席追悼会并敬献花圈。哈尔滨市公安消防支队党委书记、政治委员吴文海介绍了烈士们的生平、英雄事迹及荣誉;哈尔滨市委常委、市政法委书记王小溪代表哈尔滨市委、市政府致悼词。全体人员手持花束来到烈士遗体前低首告别,寄托心中无尽的哀思。许多与烈士们素不相识的市民失声痛哭,一些人甚至久久不愿离去。为了城市和人民的平安,5名消防战士在这场大火中献出了年轻的生命。他们短暂的青春,犹如天边的彩霞,鲜艳夺目。为了褒扬烈士功绩、弘扬烈士精神、继承烈士遗志,国家公安部政治部批准杨小伟等5名同志为革命烈士,并颁发献身国防金质纪念章;黑龙江省公安厅党委追认杨小伟同志为优秀共产党员,追认其他4位同志为中国共产党员;共青团黑龙江省委员会、黑龙江青年联合会、共青团哈尔滨市委员会、哈尔滨市青年联合会追授杨小伟等5名同志"黑龙江省青年五四奖章"和"哈尔滨市青年五四奖章";黑龙江省公安厅为杨小伟追记一等功。

三、青春谱壮歌

青春年华谱壮歌，
拼将热血战火魔。
英雄已逝豪情在，
气贯长虹动山河。

1月的哈尔滨，千里冰封，万里雪飘。洁白的雪花悄无声息地在空中飞舞，像洁白的纸花，像银色的蝴蝶，在为英雄送行。

1月8日凌晨6时，上万名群众冒着零下20多度的严寒为英雄们送行。烈士远去山河悲，群众挥泪别英雄。此刻，在哈尔滨市科研路上，已经有上千名自发组织悼念的市民、大学生和爱心企业家，在灰暗的天幕下，在彻骨的寒风中，手举"魂魄托日月，肝胆映河山"、"热血一腔化春雨，烈士精神传万代"等祭奠词的条幅前往天河园殡仪馆，送烈士最后一程。在追悼会现场，国家公安部政治部消防局；黑龙江省委、省政府、黑龙江公安消防总队、哈尔滨市委、市人大常委会、市政府、市政协、哈尔滨警备区；内蒙古自治区呼和浩特市委、市政府，清水河县委、县政府，鄂伦春自治旗旗委、旗政府；辽宁省辽阳县委、县政府；河北省沙河市民政局；吉林省榆树市市委、市政府等单位，向烈士敬献花圈。

呼和浩特市民政局，清水河县民政局、公安局等部门的领导及相关人员专程赶赴哈尔滨，参加烈士遗体告别仪式，安抚杨小伟烈士的亲属。杨小伟的亲戚、同学、朋友及已退伍的战友白霄、关家欣、韩峰林、武金龙、郭瑞、马勇、赵志飞、陈媛媛、邢宏宏等也随即赶往哈尔滨。陪同人员将小伟的父母从飞机上搀扶下来，抬上轮椅。陈媛媛是小伟的同学，这几天她像亲女儿一样日日夜夜陪伴在小伟父母的身边，生怕悲痛欲绝的两位老人发生意外。由于几天几夜没有睡觉，媛媛两只眼睛都熬红了。化工中队的指战员们前来接机，他们走上前去，亲切地对小伟的父母叫着："爸爸、妈妈！"面对悲痛欲绝的父母，此时他们真不知说什么才好，只能用这种方式，给伤心的父母以些许安慰。

在追悼会的现场，杨小伟的母亲岑玉兰痛哭着伏在棺木上，她怎么也不肯相信，里面躺着的是自己的独生子。每一个人都在哭，到场的新兵和老兵们彼此拥抱，擦去对方脸上的泪水。在化工中队的灵堂前，小伟生前战友队长刘纲，副队长王强，战士林光龙、杨超、于泉盛、张进省、王全一、孙长旭、梁盛美、赵鑫龙、苏乙拉、王欣、迟骋、王世豪、王鑫、董震、肖春阳、刘传雨……他们列队向英雄的父母致敬！

队长刘纲哽咽着说："小伟走了，我们都是您的儿子……"一句话没说完，眼泪便扑簌簌地流下来了，这位铮铮铁汉，此时已泣不成声。

杨小伟牺牲后，黑龙江省骏发驾校的全体职工和学员也举行了隆重的悼念活动。因为前不久，杨小伟受消防中队派遣曾到驾校接受培训，学习驾驶技能。在半个月的培训过程中，他与驾校的老师和同期学员结下了深厚友谊，给大家留下深刻印象。小伟牺牲的前三天，也就是2014年12月29日，小伟刚刚通过了科目二场地驾驶考试内容，并安排在2015年1月4日开始进行科目三的训练。

人们怎么也没有想到，在短短的几天时间里，竟发生了如此悲伤的事件。

大火发生后的第二天，哈尔滨各大报纸以头条新闻报道了这一消息。骏发驾校教练员朱雨魁焦急地翻着报纸："杨小伟？快看看照片，这是我的学员杨小伟吗？"

当他看清报纸上刊登的大幅照片后，立刻惊呆了："天啊！真的是！怎么会这样？这么不幸的事怎么会降临到这个孩子身上？他是那么年轻，那么优秀……"

朱教练立即向驾校领导做了汇报。校长陈菲听后十分震惊，她过去经常在新闻中或在朋友处听说过类似的情况，不过那都是发生在别人身上，没想到这次就发生在自己身边，发生在自己的学员身上。看着报纸上杨小伟的照片，泪水立刻模糊了她的双眼。

当陈菲将此情况报告给上级后,老总当即做出决定:一是把杨小伟烈士在驾校报名的费用全部返还,产生的考试费和培训费用驾校承担;二是要到化工路消防中队进行慰问,慰问单位,慰问家属,安抚伤痛,感谢他们为国家、为百姓培养出如此优秀的人民战士;三是在全驾校开展缅怀烈士、学习英雄的活动,弘扬烈士精神。

第二天,陈校长、朱教练和职工们来到化工消防中队,将杨小伟的4000元学费和1万元慰问金交到中队长刘纲手上,请他转交烈士家属,以表示骏发驾校的一点心意,并表示:"有需要我们做的,能帮上忙的尽管开口,我们会全力支持。"

杨小伟在驾校只学习了15天,短短的半个月时间他给同学们留下了美好的印象。和小伟同期学习的张大姐说:"小伟是我们小组学习最快的,他是个热心肠的小伙子,非常机灵,学习认真,对自己要求严。在培训过程中几乎不用教练员操心,两周的学习内容,他一周就学会了。剩下一周的时间都在帮助我,才使我顺利地通过了科目二场地驾驶考试。本打算这两天我们一起庆祝庆祝,感谢他在学车过程中对我的帮助,没想到……"张大姐哽咽着再也说不出话来。

朱教练说:"小伟学车很快,一点就通,学了一周便能帮助教练辅导其他的学员。在学车的人员中,年龄参差不齐,有年龄大的,手脚笨,动作迟缓,小伟就不厌其烦地耐心帮助他们。"

道外消防大队队长邢林、副大队长陈鹏回忆起杨小伟来,更是感慨万千。他们说,杨小伟是个90后战士,在人们心目中,90后青年人生活在条件优越的环境里,不愁吃不愁喝。在家里他们是独生子女,娇生惯养,父母宠爱有加。这样的兵肯定不好带。其实这是社会上的一种偏见。这些90后青年人入伍后,在解放军这个大熔炉里,很快便历练成钢铁战士。杨小伟就是一个突出的例子。

新兵入伍第一年只有600元的津贴,第二年700元,就是当上班长也才800元。在价值观多元化的今天,他们无怨无悔,当人民群众的生命财产受到威胁时,他们会毫不犹豫地冲上前去。这是什么精神?这是奉献和牺牲精神,是英雄主义在激励着他们。这种精神在战争年代里需要,在和平年代更为需要。在我们这个日益物质化的时代,显得尤为珍贵。

在杨小伟生前住过的宿舍里,在他的床铺上依然摆放着叠得整整齐齐像豆腐块似的被子。一套洗得干干净净的军服,依稀散发着烟火气息,军帽上的帽徽闪烁着金色的光芒。

杨小伟仿佛还没有离去,他依然和战友们生活战斗在一起。

在哈尔滨消防部队培训基地,指战员们回忆着和杨小伟相处的日子。办公室主任郑绪嘉、培训队队长刘萌,都担任过培训工作,他们对杨小伟印象深刻。他们说,这个内蒙古籍小战士,别看个头小,训练起来像一只小老虎,三个月的新兵训练,成绩优秀,受到了培训基地的嘉奖。除训练外,小伟还是培训基地的文艺体育骨干,唱歌、打球样样在行。在一次歌咏比赛中,杨小伟所在班得了第一名。

有一次,总队宣传部要拍一部反映训练基地文化生活的专题片,需要在体育馆里挂一幅横标。可是体育馆太高,要挂上去相当困难,没有人敢上去。杨小伟主动承担了这一任务。他凭自己高超的攀爬技能,爬到顶棚的横梁上,终于将横标挂了起来。

2012年培训基地开展铁军训练。这时杨小伟已分配到化工中队,并提升为班长。培训基地的领导特意把杨小伟调上来,让他担任铁军训练班的班长。

"铁军"这是一个多么给力的名词啊,它意味着坚强、勇敢、攻无不克、战无不胜,然而它也意味着吃大苦、耐大劳、出大力、流大汗。

在铁军训练中,作为班长的杨小伟处处以身作则,身先士卒。在钻火圈、攀登训练塔的时候,有些新战士难免产生一些畏惧感。杨小伟便反复做示范动作,以消除新战士的恐惧心理。一天下来,新战士手上磨出了血泡,腿也累得抽筋了,小伟耐心地给他们抹紫药水,按摩腿部,打来热水为新战士泡脚。

杨小伟在训练中对自己、对战士都严格要求,说一不二。而在平时生活中对战士像亲兄弟一样,倍加爱护,无微不至。

可杨小伟走了,匆匆地走了!22岁的青春年华定格在熊熊燃烧的烈火中,他用一腔沸腾的热血点燃了青春之光;他用战士的豪迈激情,绘就了一幅灿烂多彩的画卷;他用生命的最强音,谱写了一曲时代的壮歌。逝去的身影背后,是青春的担当。他用年轻的生命,诠释了消防战士的职责,展现了90后的风采,他以自己的牺牲让奉献成为不变的精神传承。任何时代都需要英雄主义,奉献和牺牲精神从来都是人类最崇高的品德之一。如果不是这些勇士冲上去,我们每个人都可能陷入危难,请放下冰冷的"理性",向英雄们鞠躬致敬!

  22个青春岁月,对一个人来说实在是太短暂了,然而在这短暂的生命里程中,他从幼年、少年、青年一步步走向生命的光辉顶点。他没有走,他依然活在我们心中。

  人们在悲痛之余,回忆着英雄的故事。让我们沿着一个普通战士坚实的足迹,去寻访救火英雄杨小伟成长的历程吧!

四、故乡觅踪

　　塞上初夏时节,正是山花盛开的季节,为了寻访英雄成长的足迹,我们一行前往英雄杨小伟出生的地方——内蒙古自治区清水河县盆地青村。

　　沿着崎岖的盘山公路,我们一路前行。这里虽然人烟稀少,但沿途风光却十分秀丽,山上树木挺拔,郁郁葱葱,谷底山泉叮咚,流水潺潺。山坡上鲜红的山丹丹花、粉红的打碗碗花、紫色的摇铃花以及很多不知名的野花在四野里绽放,花朵在清风中摇曳,散发出沁人心脾的芳香。空气中飘荡着泥土和牧草的气息,令人心旷神怡。

　　经过三个多小时的行程,我们的汽车驶入一片翠绿的盆地。这里四面环山,一条清清的小河从盆地穿过,公路两侧高大的白杨树直上云霄,形成一条天然的林荫大道。

　　杨小伟的家乡盆地青便坐落在这片美丽的盆地之中。我不禁感叹道,这真是一片风水宝地啊!站在村口转眼东望,一座高大的烽火台一如坚贞的信仰守卫在那里,不远处便是蜿蜒曲折的古长城,沿着起伏的山梁伸向那遥远的地方。长城内外散落着一些不起眼的小村庄,袅袅炊烟时有缭绕,但很快就被山塬上的阵阵轻风吹得无影无踪了。

　　陪同我们采访的有杨小伟的父亲杨贵良、母亲岑玉兰和在首府工作的清水河老乡郝世秀、苏芝英、高荣、高华、张秀等。他们领着我们爬上村中一个向阳的山坡,六孔粉刷一新一字排开的窑洞便映入眼帘。院子里打扫得干干净净,各种农具摆放得井井有序;院落的前面种植着许多蔬菜,一看便知这是一户勤劳俭朴之家。面对我们这些不速之客,唯有一条小黄狗跑前跑后叫个不停。这些年,小伟的父母进城打工,爷爷、奶奶、三爹在老家务农,日子过得比以前好多了,红红火火,令人羡慕。

杨小伟的三爹杨占良向我们介绍说,1992年2月小伟就出生在这窑洞里,那时还是老式土窑洞。前几年他们从山上拉来许多石头,将原先的土窑洞修葺一新。现在冰箱、电视等家用电器等一应俱全,喝的是自来水,完全是一派社会主义新农村的模样。

听说我们要来采访,小伟的爷爷、奶奶、三爹们早就准备好了,小伟的姑姑杨美先也特意从清水河县城赶回来,帮助料理家务,款待远道而来的客人。爷爷、奶奶虽然七十多岁了,但身子骨还硬朗,精神矍铄。他们用当地自产的荞面、豆面、羊肉炖土豆热情地招待我们。这种纯朴、好客的民风深深地感动了我们每一个人。

家庭环境对孩子的成长起着至关重要的作用。小伟从小生活在这样一个勤劳质朴的家庭中,耳濡目染。正是这良好的家风,为他日后的成长打下了良好的基础。

杨小伟的大爹杨先良,是个勤劳憨厚的农民,他一直在盆地青居住,去年在行政村干部竞选中当选了村委会主任,小伟小时候就一直在他身边长大。他向我们介绍说,小伟是个活泼可爱的孩子,早先他的父母亲进城打工,有时便把他留在村里。他小小年纪,虽然离开了父母,却表现出坚强的独立个性,自己的事情自己干,从不依赖别人。平时,和村里的小朋友们一起玩耍,相处得十分融洽,孩子们都喜欢和他在一起。

小伟生长在农村,在大人们的影响下,从小就养成了热爱劳动的好习惯。他经常帮助爷爷奶奶扫院子、扫屋子,把里里外外打扫得干干净净。

村里有一户孤寡老人,家里缺乏劳动力,每到逢年过节,小伟便约上几个小朋友,帮助老人干家务活儿。夏天,他领着小朋友到地里帮助老人除草、浇菜;冬天,帮助老人扫雪。有一年冬天,老人家的小羊羔跑丢了,小伟叫上几个要好的小朋友到村外去寻找,他们踩着厚厚的积雪,冒着刺骨的寒风,终于在一个小山沟里找到了丢失的小羊。小伟和小朋友们抱着小羊羔,互相搀扶着把小羊羔送到老人家里。这件事深深地感动了这对孤寡老人,他们逢人便说,小伟真是个懂事的好孩子。

  当年的生产队老队长吕占宽闻讯匆匆赶来了。这位八十多岁的老党员至今身体健壮,讲起话来声如洪钟。他带着我们在村前村后四处采风,寻访杨小伟当年的足迹。他说:"小伟是个好娃娃,也是好样的。咱们把他的名字也刻在南山坡那烈士纪念碑上,让人们永远记得他!"

五、金色童年

杨小伟从小就是一个讨人喜欢的好孩子。他五六岁的时候,父母亲到呼和浩特打工,他被送到城里上幼儿园。这个幼儿园叫孔家营幼儿园,当时有100多个小朋友。时任幼儿园园长的蒯连梓老师回忆说,在100多个学生里,杨小伟表现非常突出,给她留下深刻印象。小伟刚进幼儿园时非常调皮,爬上爬下,很是淘气。

有一次孩子们在院子里玩耍,小伟不小心将一个小朋友撞倒了。那个小朋友生气了,过来就给了小伟一拳头。小伟也不甘示弱,走上前去将那个小朋友一把推倒在地。老师看见后,批评小伟说:"你怎么随便推人呢?"小伟感到很委屈,分辩说:"是他先打我。"老师说:"他打了你,是他的不对;你反过来再打他,就是你的不对了。小朋友们要互相爱护、互相帮助,打架斗殴不是好孩子。"小伟感到老师说得有道理,低头向老师承认了错误,并向那位小朋友道了歉。那个小朋友也感到自己理亏,反过来向小伟道歉。从此,两个小朋友成了一对好朋友,一起学习,一起玩耍,相处得十分融洽。

蒯老师向我们介绍说,杨小伟在幼儿园时是个争强好胜的孩子,也是一个敢于承认错误、勇于担当责任的孩子。有一次,小伟和小朋友们帮助老师提水浇花,孩子们不小心将一个花盆打碎了,那是一个青花瓷做的花盆,十分好看。孩子们见花盆被打碎了,心里有些害怕,怕老师批评,就把打碎的花盆悄悄藏在花丛里面。这时小伟站出来说:"没关系,花盆是我打破的,我去向老师承认错误。"他大胆地走进老师办公室,向老师承认错误,并请老师处罚他。老师们一听就笑了,说:"小伟真是个天真可爱的好孩子。你们帮助老师提水浇花,应该受到表扬。打碎了花盆,不怨你们,干工作谁能不出错误呢?有了错误敢于承认、敢于承担,这一点十分可贵,更应该受到表扬!"

小伟和小朋友们听老师这么一说,心里十分高兴,原先的忧虑一扫而光,从此干活更加积极了。

小伟用自己的实际行动,在孩子们中间建立了威信。小朋友们都爱听他的,觉得和他在一起很愉快,和他在一起玩耍很开心,小伟成了小朋友们的领头人。

在幼儿园期间,杨小伟最喜欢画画,他画小羊、小狗、小猫、小鸟,画得活灵活现,充满童趣。因为他在农村时,经常接触这些小生命,对这些小动物充满感情,把它们当成自己的朋友。有一次,他在幼儿园门外的墙壁上画了些小狗、小猫,老师看见了,问是谁画的。小伟说:"是我画的。"老师望着这个天真活泼的小男孩,耐心地对他说:"你画得是不错,但是不能随便在墙上画,这样做会影响周围的环境。"小伟听了老师的话,才知道自己做错了。

后来,老师在幼儿园里挂了一块大黑板,告诉小朋友们说:"你们谁想画画就在这块黑板上画,来个绘画大比赛,看谁画得好!"这一下,杨小伟可高兴了,他把自己的作品展示在黑板上,受到老师和同学们的好评。

受他的影响,他同桌的一个小女孩也爱上了画画,她有空就向小伟请教。可是,小女孩没有彩笔,画出来的画没法上颜色,看上去很难看。没有色彩的画当然不好看了,小女孩急得要哭。这时,小伟将自己的彩笔盒拿出来,交给小女孩说:"这些彩笔什么颜色都有,你用吧。"小女孩高兴极了,她感谢小伟对她的帮助。她用彩笔将树叶染成嫩绿色的,将花朵染成粉红色的,将天空涂成蓝色的,将向日葵涂成金黄色的,好看极了。

那个学期,小伟和这个小女孩,都获得了绘画比赛一等奖。他俩的作品被展览在教室的墙报上,同学们看后都啧啧称赞。老师奖励了他俩每人一块花手绢。

在家长和老师的教育影响下,杨小伟从小就养成了艰苦朴素的好习惯。小伟

五、金色童年

上幼儿园的那个年代,条件相对比较艰苦,没有现在的条件好。那时,孩子们的中午饭由家长准备,带到幼儿园里,由老师们加热。小伟吃饭从不挑肥拣瘦,妈妈给他带啥他吃啥,从无怨言,也不和别的小朋友攀比。

每天中午热饭时,小伟就主动帮助老师抱柴火、提水。老师看他小小的年纪,不让他干这些活,但小伟不听,非要帮助老师不可。有一次,有个小朋友的妈妈没有给孩子带饭,她妈妈原先准备接孩子回家吃,可巧那天这个小朋友的妈妈临时有事没有按时来接孩子。小伟看到这种情况,就把自己的饭一分为二,和这个小朋友一块吃。

老师看到后,对小伟说:"孩子,你自己吃吧,我会给她想办法的。"小伟却说:"今天妈妈给我带的饭多,足够我俩吃了。"对于小伟这种助人为乐的精神,老师们很受感动。

在幼儿园里,杨小伟还是个坚强的小男孩。别看他个子小,但有劲儿,体质好,跑得快,有时候跌倒了也不哭,他认为哭鼻子是懦弱的表现。有一次,小伟和小朋友们在院子里玩丢手绢游戏,他跑了一圈又一圈,谁也追不上他。在跑最后一圈时,他奋力向前,不小心摔倒在地,他爬起来,忍着疼痛继续向前,终于坚持到终点,取得了胜利。这时,他才发现,自己的左腿膝盖摔破了,擦掉了一块皮,从伤口里渗出了血丝。老师急忙找来红药水,给他消毒。当时,小伟疼得很厉害,眼圈里含满了眼泪,但就是不哭出声来。他坚强的表现,赢得老师的称赞。

冬天来了,北方吹来寒冷的风。早晨一起床,外面下雪了,天地间一片洁白。妈妈送他上幼儿园时,他让妈妈给他找一把笤帚,说要到幼儿园去扫雪。

小伟和小朋友帮助老师把院子里的雪扫得干干净净。小伟和小朋友们把积雪堆成一个小雪人,用煤球给小雪人安上一双黑色的眼睛,用红萝卜给小雪人安上一个红鼻头,他们又给小雪人戴上一副假眼镜,小雪人站在院子里神气极了。孩子们围着小雪人又蹦又跳,十分开心。

光阴荏苒,转眼之间到了春天。这年,杨小伟进入了大班,再过半年,小伟将告别幼儿园的生活进入小学。这年春天,老师带领小朋友在院子周围植树,小伟特意选了几棵小白杨,栽种到去年堆雪人的地方。春风转暖的时候,这些小白杨吐出嫩芽,长出了绿叶。小伟幼儿园毕业的时候,这棵小白杨已茁壮成长起来,满树的绿叶在夏风中哗哗作响,仿佛在欢送他们似的。

十几年过去了,当初的小白杨如今已经长成了一排排茁壮的大树,花喜鹊在树顶上筑起了鸟巢,每年春天都有小喜鹊从鸟巢里飞出去,飞向高高的蓝天。

这些挺拔、高大的白杨树,成了幼儿园的象征,成了永久的纪念。春天,白杨树吐出绿叶,充满无限生机;夏天,茂盛的白杨树洒下一片绿荫,孩子们在树下乘凉、捉迷藏、做游戏、听老师讲故事;秋天,白杨树的叶子被秋霜染成金黄色,五彩缤纷,人们享受丰收的喜悦;冬天,白杨树迎风傲雪,洁白的树干与白雪相映成趣,等待春天的来临。

六、自古杨门出虎将

杨小伟的家乡清水河县盆地青村与山西省平鲁县接壤。站在山坡上放眼望去,一座座昔日燃烧过狼烟的烽火台,在朝霞或夕阳的映照下,显得悲壮而苍凉。那些烽火台承载着历史的重负,记录着昔日的辉煌。它们像威武不屈的勇士,傲然屹立在崇山峻岭之间,向后人讲述着充满传奇色彩的故事。

小伟他们杨氏家族,是过去从山西走西口来到盆地青的。他的祖辈是老弟兄两个,分别叫杨三有、杨四有。当年生产队大集体时,这老弟兄俩都是邻村上下有名的好庄户人,可谓是犁耧耙耱件件精通,驮运碾打概不拦手。听村里人讲,这杨三有还是村里有名的榨油师傅。那些年一到冬天,村里的油坊便运作开了,杨三有炒的胡麻香味满村飞,他领着三四个赤膊的汉子喊着号子,挥舞着巨大的油锤猛击油榨,每一声闷响都能让油榨里的菜籽幸福地流出油来。小伟的曾祖父杨四有是场面上的一把好手。那时每年生产队里的庄稼上场后,他就在场面里扬着鞭儿,拽着骡马放碌碡。那个时候,莜麦是当地的大田作物,那割倒的莜麦拉回来垛在场面里足有城墙那么高。那打下的莜麦一出秸,就堆成了一座小山。这个时候便是杨四有大显身手的时候,只见他"呸"地往手心里吐一口唾沫,两手一搓,操起木锨就向半空中扬起了莜麦。他可以一气不歇地扬场很长时间。不大一会儿工夫,一堆金灿灿的莜麦便出现在人们的面前。直到这时,他才来到场面畔,从屁股后面解下旱烟袋猛猛地抽了起来。村里的人们说,这杨四有还是个热心人。他有一手杀猪宰羊的好手艺,年年冬天谁家杀猪宰羊大多要请他来帮忙,他是有求必应。帮人家忙乎上一天,他只是挣个猪尾巴了事。

那些年盆地青村还有一班秧歌,别看杨四有没有文化、不懂音乐,可他却是秧歌队里吹笛子的好手,那笛子吹得悠扬欢快、悦耳动听。年年正月里,秧歌队里的人总要粉墨装扮,各具角色,在醉人心弦的锣鼓声中,一家挨着一家地给人们踩院子。那踢场的、拉花的、落毛的,在拥挤的人群中穿来穿去,他们或恣意摆动着二尺长的胡须,或千变万化地做着各种鬼脸,或腾空而起翻着难度很高的筋斗。尤其是领唱的杨四有,他有着很强的观察和应变能力,不管走到谁家,他都能根据当下观察到的景或物马上编出一些对主人家表示祝贺、恭喜的唱词来,如"这个院子宽又宽,四面又把骡马拴,红灯高挂喜盈门呀,儿孙定要坐高官"等等。不管走多少家,他的唱词也绝不会重复的。他那高亢的歌声,听了真叫人心醉。

那时塞外的山村,整日人喊马嘶,生产搞得热火朝天。杨小伟的爷爷杨根旺能写会算,大集体时是生产队的会计。他天天参加队里的劳动不说,还把队里的账目记得有条不紊、清清楚楚,差不多年年都要被公社评为先进会计。

小伟的家乡,地处万里长城的边上,这里崇山峻岭,沟壑纵横,鹰嘴山像老鹰啄食,领鸡山如凤凰立地,摩天岭峰插云天……真是千姿百态,气象万千。这里也是过去的古战场,至今流传着许多关于杨家将的故事。当年英勇无敌的杨家将为捍卫大宋江山,曾在这里浴血奋战,留下许多可歌可泣的传奇故事。

盆地青村有一位耄耋老人叫王世元,老人家是村里少有的识文断字的人。老人家对盆地青村那遥远而模糊的历史,对家家村民的来龙、家庭、性格、婚姻等都能如数家珍地讲述出来。这老人家还是杨家的一门亲戚,按辈分说,杨小伟管这位老人家叫老舅爷爷。

这老舅爷博古通今,很会讲故事,那时杨小伟和他的几个小伙伴经常缠着老舅爷让他讲杨家将的故事。看着小伟他们渴望听故事的眼神,老舅爷也来了情绪,说:"别看咱们这里山大沟深,这里的每一条山沟、每一座山峰都有名堂哩。"于是,老人家便滔滔不绝地讲起了杨家将抗击辽军的故事。

六、自古杨门出虎将

大宋年间,辽军经常侵犯边关。老将杨继业率兵前去御敌,他有七个儿子,个个骁勇无比。有一次,杨家军和辽军会战于黑水,就是现在的大黑河一带。辽军元帅耶律沙率领十万大军前来对阵。杨继业和他的儿子们兵分三路,将敌军分割包围在深山峡谷之中。这一仗,从早晨一直杀到傍晚,杀得辽军尸横遍野、血流成河。耶律沙丢盔弃甲,落荒而逃。杨元帅指挥宋军乘胜追击,夺取了被敌人占领的十五个郡县。从此,杨家将威名大振,辽军只要看到"杨家军"的帅旗,便吓得望风而逃。从此,杨继业被尊称为"杨无敌"。

老舅爷讲到这里,停下来,端起水碗喝了口水。杨小伟正听得入神,忙问老舅爷:"那后来呢?"

老舅爷放下水碗说:"后来的事情还多着呢!三天三夜也讲不完,今儿太晚了,明天再讲吧。"小伟说啥也不行,非要他继续讲下去不可。老舅爷无奈,只得继续讲下去。

这杨继业为大宋立了大功,引起了朝内奸臣潘仁美的不满,他嫉妒杨家将的功劳。正当杨家将节节胜利,向前方推进的时候,潘仁美拒不发粮草。杨家军在敌人后方浴血奋战,可终因弹尽粮绝被敌人包围起来。杨继业拒不投降,最后硬是撞死在李陵碑前,为国殉职。

小伟听到这里,十分难过,气愤地说:"这个潘仁美真是太坏了!那后来呢?"

后来,杨继业的儿子杨七郎,单枪匹马冲出重围,回朝搬兵催粮。潘仁美见杨七郎回来了,不但不发兵,还反诬他临阵脱逃,将杨七郎捆绑在木桩上,让士兵用乱箭射死。七郎怒目圆睁,高声大骂,吓得那些士兵浑身哆嗦、双手发颤,怎么也射不中。七郎高声叫道:"大丈夫未能战死沙场,反而死在奸臣手中。要想射死我,除非将我的双眼蒙上。"潘仁美胆战心惊,急令士兵将他的眼睛蒙上,就这样七郎惨死在乱箭之中。

杨继业、杨六郎、杨宗保、穆桂英、杨文广……杨家好几代人,前仆后继、英勇不屈。杨家的男儿死光了,女人们又挑起了大旗,继续为国奋战。

老舅爷终于讲完了杨家将的故事。杨小伟被这些英勇悲壮的故事深深地吸引着、感动着。他对这些民族英雄十分敬仰,无形中受到了爱国主义的启蒙教育。

有一天,杨小伟心血来潮,突发奇想,问老舅爷:"杨家将好几辈人为国家、为人民做出牺牲、做出贡献。我也姓杨,我是不是也是杨家将的后代呢?"他停顿了一下接着说,"我肯定也是杨家将的后代。"

老舅爷没想到小伟会提出这么一个突如其来的问题,看着小伟天真可爱的面孔,老舅爷感到眼前这个孩子真是在动脑筋,他想得比大人们还多。老舅爷笑着说:"是,你肯定是杨家将的后代。中国有句古话叫'五百年前是一家'。杨门自古出虎将,你将来肯定是个有出息的孩子!"

小伟听了非常高兴,他自豪地对老舅爷说:"我长大以后,一定要参军去,当一名解放军战士,像杨家将一样,保卫边疆,保卫祖国,为国家、为人民建立功勋。"

那几天,杨小伟怎么也睡不好觉,像过电影似的,脑子里全是杨家将里的人物。他们身披铠甲,握枪跃马,驰骋在沙场上。

有一天,小伟做了个梦,梦见他真的当上了解放军,身穿一身绿军装,手执一把冲锋枪,站在祖国边疆的哨所前,守卫着祖国的边防。

在整个假期里,杨小伟和老舅爷朝夕相处,形影不离。小伟一有空就往老舅爷住的窑洞里跑,帮助老舅爷干这干那。在小伟心目中,老舅爷不但慈祥善良,而且知识渊博、经历不凡。老舅爷也非常喜欢小伟这个孩子。这一老一少,相处得十分亲密。

有一天,小伟又缠着老舅爷讲故事。老舅爷说:"这个假期已经过去半个月了,你的假期作业做完了吗?"小伟这才想起来,这些日子只顾听故事了,早把假期作业忘在脑后。他红着脸说:"还没动笔写呢。"老舅爷严肃地说:"你现在正是上学期间,学习可是大事。你不是说长大要当解放军吗?当解放军可得有文化。你要安

六、自古杨门出虎将

下心来,把误下的作业赶快补上。"

小伟接受了老舅爷的批评,一连几天,他埋头写作业。这天他拿着作业本来给老舅爷看,老舅爷从头到尾认真仔细地检查了一遍,非常满意,当面表扬了他。

第二天,老舅爷准备到南山坡上的树林里去修剪树木,小伟非要跟着去不可。盆地青南山坡早年是荒山秃岭,学大寨那些年公社的老书记高安成组织起个专业队,常年在南山坡上植树,在河滩里改河造地,如今这南山坡早已是绿树成荫,满目苍翠,十分壮观。这老舅爷年事已高,地里的活儿干不动了,可老人家年年要到南山上去修剪树木,培育森林。看着老舅爷挥汗如雨用砍刀为白杨树修剪枝杈,小伟不解地问:"您怎么把好端端的树枝砍下来了呢?"老舅爷说:"每一棵杨树都需要修剪,这样它才能长直长高,才能成材。你看那些高大的杨树,粗壮挺拔,枝叶繁茂,将来都是栋梁之材呀。"老舅爷对小伟说,这白杨树最适合在北方生长。它耐寒耐旱,成活率很高,即使在贫瘠的土地上,它也能顽强生长,因为它的根扎得深,能充分吸收地下的水分。洁白光滑的树干能减少水分的蒸发,同时能有效地抵抗病虫害的侵袭。

在和老舅爷的交谈中,小伟深深地感到,老舅爷是个知识渊博的人,他表面在讲植树造林的知识,而实际是在向他传授做人的道理,老舅爷的每一句话都有深层的含义。小伟隐隐约约地感到,老舅爷是位非同寻常的人,在他身上一定蕴藏着很多不寻常的故事。

小伟躺在草地上,望着湛蓝的天空。树顶上的长尾喜鹊叽叽喳喳地叫着。啄木鸟在远处敲击着树干,发出清脆的"咚咚"声。山坡上的野花五彩缤纷,散发出一缕缕淡淡的清香。小伟心想,这真是一片无人惊扰的世外桃源啊!

爷俩休息片刻后便收拾工具,向山顶爬去。登上山顶,眼前突然开阔起来,俯视四周,群山起伏,沟壑纵横,好一派壮丽的大好山河!向南望去,万里长城像一条巨龙顺着起伏的山势向西蜿蜒而去。

老舅爷对小伟说,这万里长城是中华民族的瑰宝,是世界的奇观,从秦始皇之前的春秋战国时期就开始修建。"它从咱们盆地青乡新村入境,横跨盆地青、韭菜庄、北堡、单台子,一直延伸到黄河边上。在这几百里的长城线上,从古到今演绎过无数惊心动魄的英雄传奇。"

　　听老舅爷这么一讲,小伟不禁对自己的故乡肃然起敬。他从小生长在这个普普通通的小山村里,真没想到平凡的土地上有着不平凡的历史。这真是一片值得骄傲、值得怀念的热土啊!

七、英雄的土地

清水河县是个革命老区。它地处黄河中游黄土高原,东、南以古长城为界,与山西省右玉、平鲁、偏关为邻;西隔滔滔黄河,与准格尔相望。境内山势雄伟,沟壑纵横,地势十分险要,自古以来就是兵家必争之地。

抗日战争和解放战争时期,这里是我党领导下的晋绥革命根据地的一部分,也是连接大青山革命根据地与晋绥边区和陕甘宁边区的枢纽地带。早在1937年9月,八路军警备六团就根据上级指示,率队深入偏关、平鲁、清水河等地发动和武装群众,建立地方抗日武装。不久又在长城沿线的老牛坡村、盆地青井儿沟村先后建立起了秘密的农村党支部,发动群众,积极开展敌后游击战争。1940春,毛泽东、王稼祥同志发电报给贺龙、关向应、滕代远,指示他们即行调查归绥以南清水河一带是否有创建小根据地发展游击战争之可能。解放战争时期,清水河经历了八次解放、七次退却的艰苦卓绝的拉锯斗争。清水河英雄儿女在共产党的领导下,为民族解放前仆后继,浴血奋战,谱写了可歌可泣的壮丽诗篇。

杨小伟的家乡盆地青村对面南山坡上的松树林里,至今竖立着一座革命烈士纪念碑,上面刻录着"刘洪、张艮鱼、刘占仁、冯福小、侯三换、张七十五"等几十名家乡革命烈士的名字,安息着几十位革命先烈的英魂。可以想象得到,当年他们都是血气方刚的汉子,他们穿着土布衣,嚼着苦菜根,端着老步枪,但进行的却是一场惊天动地、光照千秋的事业。村里的人们常常在此纳凉,追忆那早已逝去的岁月。

学校的孩子们在老师的带领下,年年要到这里来为革命烈士扫墓,接受革命传统教育。杨小伟热爱曾经养育他的这片热土,他爱这里的山山水水,爱这里的一草一木。在那一条条崎岖的山路上印下他成长的脚印,在那一道道深深的沟崂里留下他儿时爽朗的笑声。小伟虽然后来随父母进城上学,但在小学和中学期间,每逢暑假或寒假,他总要回到自己的故乡,在这里度过美好难忘的假期。这年放寒假,杨小伟又回到他热恋的故乡——盆地青村。

他惦记着老舅爷。他渐渐地长大了,他从村里人的口中断断续续地知道,老舅爷王世元不仅识文断字,而且当年还是条血气方刚的汉子。抗战时期,这里兵荒马乱,日本鬼子侵略了中国,他们还在盆地青对面的三道沟修筑了土围子做据点,常年驻扎着几十个日伪警察,他们经常出来催粮要款,欺压百姓,搞得村里鸡犬不宁。一次,村里来了两个伪警察,见人就打不说,还要欺侮村里的一个相貌姣好的媳妇。情急之下,王世元叫了几个年轻人操着棍棒便把这两个日伪警察的枪给下了。那时,盆地青这一带的土匪也是多如牛毛,村里人被刁抢、被"请财神"绑票的事经常发生。一次,河西的几个土匪悄悄来到盆地青村。他们白天躲在村西的老狐沟大石盘上晒太阳捉虱子,单等黑夜出来刁抢,谁知他们被村里放羊的李老汉看见了。王世元得知这一消息后,立马领了村里的几个民兵赶往老狐沟。他们在沿沟畔冲沟底扔下几个手榴弹,那几个土匪当下就被炸得死的死伤的伤。在杨小伟的心目中,他总感到眼前这位和蔼可亲的老舅爷是个非同寻常的人物,身上肯定还蕴藏着很多不为人知的故事。可是老舅爷从来没讲过他自己的故事。

小伟今天又一次来到老舅爷的家里。他缠磨着老舅爷,要老人家给讲讲自己的故事。可老舅爷笑着说:"孩子,我可是个普通的庄户人,哪有啥自己的故事能给你讲呀!要不这样吧,我给你讲讲咱们村老八路张七十五的故事吧!"

说着,老舅爷就绘声绘色地给小伟讲起了村里的革命烈士张七十五的故事。

在那革命战争年代,咱们村前村后参加八路军打日本的人真不少。住在你们杨家门坡下面的张七十五和弟弟张满红,从小就没了爹娘,弟兄俩相依为命,少吃没喝,穷得是吃了上顿没下顿。那年,八路军晋察冀警

七、英雄的土地

备六团贺龙的队伍来到了咱们村,十四岁的张七十五摺下放牛鞭就报名参加了八路军。连长看他挺急活儿,就让他在连里当了通信员,给连长、指导员喂马,干跑腿送信等杂务活儿。那时部队除了行军打仗就是做群众工作,战士们还要经常练习投弹、射击,练习爬云梯、甩炸药包、劈刺、格斗等基本功。张七十五从小拦牛放羊,啥苦没吃过,因此训练十分刻苦。一年下来,他的进步很快。后来,他们的连队已扩编为独立营,连长已升任为营长,指导员升任为营教导员。张七十五又在营部当了通信员。

这一年,日本侵略者大肆进犯晋北解放区,我军奋力抗战,与日本鬼子展开山地游击战。

有一天,营长把他叫到办公室,交给他一项重要任务,要他送一封重要信件。

原来独立营侦察员得到一个重要情报,说日本鬼子要从朔县进犯阳方口,企图剿灭这一带的八路军。营长得到这一消息后,决定将计就计,将鬼子消灭在途径的山谷里。

从朔县到阳方口有一条深深的峡谷,叫黑风沟,这是日本鬼子进军阳方口的必经之路。由于日本鬼子装备精良,配有山地炮和汽车,我军不能与敌人正面交锋,只能智取。

黑风沟两边的山坡上长有茂密的树林,便于隐蔽。营长决定与山后的三连互相配合,两面夹击,将鬼子歼灭在黑风沟内。

这封信就是送给山后三连连长的。张七十五接受这一任务后,心情非常激动。他想,自从参军后还没有真正地与日本鬼子交锋过,这可是一场真正的战斗啊!

营长再三叮嘱他,路上一定要多加小心。他说:"请营长放心吧,我保证完成任务!"

他把营长交给他的亲笔信藏在内衣兜里,揣了几个窝窝头和几颗山药蛋便出发了。

从独立营营部到三连驻地,要翻越两座高山,行程有六十华里,其间要穿越伪军的两条封锁线。为了安全起见,他不走大路,沿着山间的羊肠小道向前进发。

中午时分,他顺利通过了伪军的第一道封锁线。再翻过一座高山就到三连驻地了,他心里一阵暗喜。走了多半天路,他感到饥肠辘辘,于是他在山泉边喝了几口水,啃了些随身携带的窝窝头,觉得浑身有了力气。

等他翻过第二座大山来到山脚下时,已是黄昏时分。他正往前走,突然迎面碰到几个伪军巡逻兵,他想藏起来可是已经来不及了,伪军巡逻兵已经发现了他。于是他假装满不在乎地向前走去。

"站住,干什么的?"伪军大声喊道。

"放羊的,羊丢了,到山那边去找。"

"放羊的,我不信。"一个伪军走上前来,拧住他的耳朵,另一个伪军把他浑身上下搜了一遍,结果什么也没搜出来。

原来,他通过第一道封锁线后,怕揣在内衣口袋里的信件不安全,便在一颗山药蛋上挖了个小洞,把信件塞进去,然后涂了些泥巴。

伪军在身上没搜出什么东西来,再看一个小孩子确实像个放羊的,于是喝斥道:"真是个穷小子,身上啥也没有,快滚吧!"

七十五不慌不忙,抖了抖身上的尘土,便沿着山路向前走去。看看伪军走远了,他便放开脚丫子快速向山上爬去,很快便消失在一片茂密的树林里。

天黑下来时,他终于赶到了三连宿营地,把营长的信交到三连长手里。

三连长看了信后,脸上露出满意的笑容,对他说:"小家伙,你立了大功。走了一天路,辛苦了,晚上好好睡一觉,明天等着看好戏吧!"

三连长连夜部署部队,带领全连战士潜伏在黑风沟一侧的山坡上。

第二天中午时分,日本鬼子的车队浩浩荡荡开进了黑风沟。这时营长一声令下,潜伏在山坡两侧的八路军战士的炮火齐鸣,子弹、手榴弹雨点般地砸向了敌人。日本鬼子被这突如其来的枪炮炸得晕头转向,顿时

七、英雄的土地

乱作一团。

这一仗打得十分漂亮,歼灭鬼子和伪军几百名,缴获枪炮弹药无数。

战斗结束后,营长在评功会上拍着张七十五的肩膀高兴地说:"你靠勇敢和智慧,顺利完成了任务,我代表营部嘉奖你!"

1948年,全国已经进入了解放战争的战略决战阶段。这时,张七十五已不再是营部的通信员,而是我晋绥军区二十二师六十五团的一个连长。这年秋天,贺龙司令员给晋绥、绥蒙武装部队团以上干部讲话:"……东北、华北、西北各战场都要向'蒋管区'进攻,绥蒙部队要打回绥远去!"当时,我军华北军区第三兵团已进军绥远,并决定攻打集宁,其二十二师六十四团为主力团,绕开丰镇,直奔三岔口,切断敌人西退之路,其六十五团、六十六团跟进;二十三师与二十二师齐头并进,把敌人分割于丰镇与集宁两地,然后分进合击,从四面包围集宁。农历八月二十三日,总攻开始。二十二师的先头部队一天一夜摸到三岔口,把铁路桥炸断,敌人西逃无望便龟缩在集宁。在集宁的历次战役中,守城者必守老虎山、卧龙山。这次国民党的守军又把龙、虎二山的西南面作为防守要地,派重兵把守。我军却改变了战术,避重就轻,把北面作为主攻点;榆树湾是龙、虎二山的前沿,只做佯攻的架势,以便引住敌军主力,我好后路剿进。担任佯攻任务的是我军第十二旅,从东南的毛不浪和南面的榆树湾、黄家梁发起攻击,敌人正在南面招架的时候,我二十二师六十四团已打开了北交通门,直夺火车站,像一把尖刀从屁股后面插进敌人的肚里。

讲到这里,老舅爷停了下来。老人家缓缓地抽了几口烟,好像是在深思,又好像在感叹。

小伟急着问:"老舅爷,那后来呢?"于是,老舅爷接着便讲起了后面的战斗故事。

听咱们邻村沟门上的退伍老兵王二海说,这场争夺集宁的战役打得异常激烈。当时我军的大炮声和敌机的投弹声响成一片,就像冬天刮大风一样,轻重机枪和步枪声根本分不出来,只听得一片炒黄豆般的声音。敌军在老虎山、卧龙山一带连续攻击,攻上来一批,打下去一批,到后来竟是一列方阵一列方阵地往前冲,我军用机枪扫射,用手榴弹炸,敌人一片片地往下倒。

当时集宁简直成了火海,到了夜晚,照明弹、信号弹、炮火的亮光,烧着的汽车、房屋,把这座城市照得如同白昼。我军战士英勇果断,逢城墙搭云梯上,遇城门用炸药包轰,战士们潮水般地涌进了城里。巷战开始了。短兵相接,刺刀格斗。当时,王二海紧跟着连长张七十五,他们连拉手榴弹导火线的工夫都没有,只能把手榴弹握在手里像捣蒜槌子似的往敌人头上砸;连拉枪栓、上子弹的时间都没有,像操着棍棒一样往敌人身上戳,和敌人扭在一起,滚在一起,敌人嘴里咬着我们战士的耳朵,我们战士的手指头插进了敌人的眼里……当时,王二海眼睁睁地看着他们的连长张七十五被敌人的刺刀刺中了胸膛,可他根本顾不上去救他,只能是把自己手里的枪刺捅向面前的另一个敌人……在我军猛烈的炮火中,在战士们震天的冲杀声中,最后敌人只得整营整连地举手投降。直到第二天上午,攻打老虎山的战斗才结束,固守卧龙山的敌人也溃退了。红旗,高高地飘上了集宁老虎山的顶端。至此,集宁全城解放。这次集宁战役,全歼守敌一个旅留守处和三个保安团,俘虏敌人四千多,其中包括师团级人员及城防司令,还有集宁县的县长。同时,缴获敌人汽车二百多辆、大批枪支弹药,还有军用面粉、棉布不计其数。这次打下集宁,为解放绥东和整个绥远省打开了通道。

老舅爷的故事讲完了。杨小伟被这些激烈的战斗故事深深地感动了。他久久不肯离去,他的脑海里总会闪现出张七十五这个村里当年的英雄。记得他曾听爷爷杨根旺说过,张七十五牺牲后,住在杨家门坡下的张满红爷爷便成了光荣烈属。那些年,年年春节前,村里的队长总要提着笸箩走东家串西家起馍馍、麻叶和粉条,来慰问革命烈属。他也曾多次来到南山坡,瞻仰竖立在那里的革命烈士纪念碑。他多少次情不自禁地唱起:"我们是共产主义接班人,继承革命先辈的光荣传统,爱祖国,爱人民……"

八、愉快的暑假生活

暑假来到了,小伟又回到了盆地青。

小伟最喜欢自己的家乡了,这里有山有水,有绿油油的田野,有满目苍翠的树林。山野里有五颜六色的花朵,有许多叫不上名字的美丽小鸟。当然,村里还有杨永强、杨永伟、杨永霞、毛毛这些本家兄弟姐妹及段磊、段飞、张在祥等许多小伙伴。小伟自幼就是个聪明、活泼、有抱负的孩子。

他三岁时,父母亲在村里的河湾里开了个小饭馆,饭馆隔壁就是本村李五女开的小缝纫铺。常言说,隔壁家的饭好吃。那时,幼小的小伟竟懂得端上自家刚出锅的炖羊肉到李五女家去换莜面窝窝吃。他还高兴地对妈妈说:"妈妈,姨姨家的饭真好吃!"

小伟四五岁时,就跟着哥哥们学习认字,而且还能背诵不少的古诗词。一次,盆地青乡农村信用社主任高先占在河滩里遇到了正在玩耍的杨小伟,就问:"伟伟,看你这么爱学习,你长大做啥呀?"小伟抬起头,不假思索地说:"我长大当官呀!""当啥官?是牛倌还是羊倌?"没曾想,小伟却认真地说:"我要当个县官!"小伟一句话,把这个大爷逗得哈哈大笑。从此,他一见杨小伟远远就喊他"杨县长"。

小伟也是个顽皮的孩子。一次,他领着三爹家的小女孩毛毛在河湾里玩得饿急了,就悄悄跑到村里喜换大爷家的萝卜地里,拔萝卜吃。可那时地里的萝卜还没长大,真正能吃的还很少。他俩是顺着垄道一行一行地拔,看着不能吃就给扔在了

八、愉快的暑假生活

一边。不大一会儿工夫,好端端的一片嫩绿萝卜就被他俩给糟害得不成样子。直到喜换大爷追来了,他们才撒腿就跑。气得喜换大爷直骂道:"这两个娃娃真害人、真害人!"

那时,小伟在村里经常相跟上二哥永伟和小妹毛毛到村东头的小朋友段磊和段飞家去玩。一次,他们几个在一起玩扑克赢糖块。小伟和哥哥妹妹其实早已定好计谋,不大一会儿工夫,就把段家两兄弟的糖盒给赢空了。看着段家兄弟俩一脸沮丧的样子,小伟却在心中偷偷地乐开了花。

当然,小伟在村里最牵挂的还是爷爷和奶奶。他们都年纪大了,身体也大不如前,每次回村里时小伟总让妈妈给爷爷奶奶多带些好吃的东西回来,他也常跟着爷爷到地里去学着干活儿。

回来的第二天早上,小伟算是睡了个懒觉。太阳已经是一竿高了,他才爬起身来。此时,他没有听到爷爷的说话声,便急着问奶奶:"奶奶,我爷爷哩?"奶奶说:"别管他。他又到南湾里锄地去了。"小伟匆匆咽下几口饭菜,便叫了二哥和小妹毛毛急忙向南湾里跑去。此时的南河湾地里的庄稼长得十分喜人,绿油油的玉米有一人多高。小伟看见一块玉米地的地头上放着爷爷的一件衣服,便大声喊道:"爷爷——爷爷——"

听到喊声后,爷爷从玉米地里钻出来,一边擦着头上的汗水,一边回应道:"看你们这些娃娃们,咋跑到地里来啦?"

小伟跑上前去,接过爷爷手中的锄头,又把手里的一瓶矿泉水递给爷爷说:"爷爷快喝口水吧,大热天的,您还跑这么老远锄玉米,可别累坏了身子。"

"不咋的,我身子骨好着哩。要是身子不好,还能下地干活吗?你放心吧。"

说着,爷儿几个坐在地头上,就像久别重逢的老朋友,说长道短,十分亲热。

看着眼前这长势喜人的玉米,小伟说:"爷爷,您在这儿再休息一会儿,我俩帮您锄。"小伟说着便拿起锄头,一头钻进玉米地里。

二哥永伟也跟着进了玉米地。原来二哥来时,随身带了一把锄头。兄弟俩便分头忙活起来。

俗话说:"小暑大暑,上蒸下煮。"现在正值三伏天,火红的太阳挂在天空,炙烤着大地。潮湿的泥土中散发着阵阵热气,热浪滚滚。钻进玉米地里,就如同钻进蒸笼里一般。小伟干了一阵子活儿,便累得满头大汗。透出穗的玉米花子落在脖子里又刺又痒,他索性脱掉衬衣,光着膀子干了起来。

小伟心想,农民们就是辛苦,一年四季在田地里劳作,夏有盛暑,冬有严寒,每一颗粮食都是用汗水换来的。这时,他真正体会到上小学时课本里的那首诗:"锄禾日当午,汗滴禾下土,谁知盘中餐,粒粒皆辛苦。"只有亲自下地干活儿,才能领略这首诗的真正含义啊!

这时,他想起在学校食堂吃饭的情景,有些同学把吃不完的馒头随手往泔水桶里一扔,这多可惜呀!今后再遇到这种情况,他一定要好言相劝,设法制止这种随意浪费粮食的现象。对于锄地这营生,二哥显然比他强多了,几趟下来,二哥已遥遥领先。二哥在农村的时间比他多,锄起地来又快又齐整。小伟不甘落后,奋力追赶。二哥回过头来,大声对他说:"小心脚底下,两只脚要走在一条直线上,不要乱踩。不然,前边锄过了,后边踩了一大片。"

小伟这才发现,原来这锄地还是个细微活儿,也是很有讲究的。不但要讲究步伐,还要讲究深浅。深了浅了都不行,要恰到好处,否则会伤了玉米苗。

就这样,二哥在前面教,小伟在后面学,兄弟俩不一会儿便帮爷爷把地锄了一大片。这时,毛毛却拉着爷爷的手说:"爷爷,我要上南山采花去。"爷爷便拍拍身上的泥土说:"好好好,我带你们去!"此时的南山坡上许多野花开放了,红的、蓝的、紫的、黄的……姹紫嫣红,好看极了。那一棵棵松树像一团团墨泼洒在坡上,尤其白杨林像哨兵似的一株又一株齐刷刷地挺立着,它们身着银灰色的衣衫,那粗壮魁伟的身影,那泼绿似的叶子,那直冲云霄的气概,真令人仰慕。树林中的小鸟仿佛受到了感染,跟着鸣叫起来。这寂静的山林里顿时充满了青春的气息,空谷传声,余音袅袅。涧底的山泉水叮咚作响,和着这天真无邪的孩童笑声一起共鸣。

在那高高的树杈上,有几个用树枝和枯草搭起来的喜鹊窝。"喳——喳——"花翅膀的喜鹊鸣叫着,飞来又飞去。有时它们停在枝头,朝着小伟他们翘翘尾巴,点点头。毛毛刚捡起一块小石子,它却倏地又飞走了,停在不远处的另一棵树的枝头,又朝孩子们翘翘尾巴,点点头。"打它!哥哥,打那只花喜鹊,它尽欺负人!"毛毛喊道。她知道,小伟哥扔石子很有准头,一准能击落那只喜鹊替她出气。小伟哥却憨厚地笑笑说:"别打!爷爷说过,喜鹊是报喜的。它能预先告诉我们许多好消息,让你交好运的。"真的,毛毛见过顽皮而大胆的小伟哥哥掏鸟蛋、端鸟窝,可她从来没见过他伤害过喜鹊。她相信小伟哥哥,现在她倒也盼望这喜鹊能朝自己多叫几声,多报喜讯,实现自己许多小小的心愿。

他们在林间跑来跑去,大声地呼喊着,一会儿就采撷了许多盛开的野花。这也是他们最快乐的时光啊!突然间,从树林里蹦出来一只野兔。小伟和二哥立刻扔掉手中的鲜花去追赶,那兔子一跃一跃的,跑得飞快。小伟他们被越落越远,可他们还是紧追不舍。忽然,那奔跑的兔子又改变了方向。原来,是前面出现了个放羊人。小伟他们越追越猛,那只兔子奔跑的速度渐渐地放慢了,它的力气几乎耗尽了。小伟他们几个散开来圈着、围着、诈唬着,那只兔子突然栽倒在地,蜷伏着不动了。大家兴高采烈地逮获了猎物。爷爷提起这只兔子的耳朵,可这小家伙连扑腾几下的力气都没有了。"烧了吃!烧了吃!"毛毛不停地喊道。爷爷抬起手背擦擦脸上的热汗,掰开兔子的豁嘴看了看说:"它还小啊,才一岁呀。放了它吧,要不它的妈妈会伤心的。"感情的联系是奇妙的。弱小病残往往会引起怜悯和同情。他们把小兔子放了,可它却呆呆地不走,又喘息了一会儿,晃动着脑袋和大耳朵,默默地朝小伟他们望了望,才蹦跳着钻进了草丛。

眼看就要晌午了。看着兴致勃勃的孩子们,爷爷说:"孩子们,时候不早了,咱们该回家了。明天咱们村里的庙会就要开始了,你们可别耽误了去赶庙会啊!"

清水河山大沟深,干旱缺雨。祖祖辈辈生息在这里的人们过去想盼个好年景只能求助于神灵的保佑。于是,不知从何时起,山里的村庄陆续建起了龙王庙。天旱了,香烟奉祀,鼓乐齐鸣,唱大戏向老龙王祈雨;风调雨顺了,还要唱大戏感谢龙王之恩。久而久之,便沿袭成一年一度的山乡庙会。

庙会一般是在夏末秋初开,年景好坏这时也可望得一半成色了。如果前半年雨润禾苗、丰收在望,一些大的村庄就要热热闹闹地办一次庙会;要是天旱无雨、庄稼枯黄,在这个季节也得办庙会向老龙王祈雨。庄户人一年四季难得个消闲,也凑不上啥热闹,这庙会自然就成了乡间的一大红火事。现今,这盆地青的庙会差不多是年年要搞,而且多是唱山西平鲁县来的晋剧。现今改革开放经济发展起来了,这庙会也变成了"物资交流会",除了唱大戏不说,县里的乌兰牧骑,西路的二人台戏班,外地的杂技班、马戏班等,都来助兴。真是好戏连台,令人目不暇接。

每逢赶交流,整个山乡里热闹极了。偌大的盆地青河湾里到处是熙熙攘攘的人群,到处是沸沸扬扬的喧闹声,尤其是高音喇叭不断传来的婉转优美的晋剧唱腔,仿佛是在催促人们不断加快行进的步伐。此时,牵牛赶驴的大爷、怀抱小孩的大嫂、拄着拐杖的老人、开四轮车的小伙子、衣着华丽的闺女媳妇们……从四面八方汇集到了这里。当然,赶交流最热闹的还是小伟他们这些孩子们。

一大早,小伟和二哥就起来帮爷爷打扫了牲口的棚圈,还到附近给牲口拔回了些青草。听得河湾里的大喇叭"哇哇"地唱开了,小伟拉着毛毛就赶紧往河湾里跑去。此时,村前河畔龙王庙的旧址上早筑起了高高的大戏台,会场上彩旗飘舞,周围洁白的、深蓝的、淡黄的、艳红的各色帐篷鳞次栉比。有兜售衣服穿戴的,有卖日用百货的,有卖水果蔬菜的,也有临时垒起灶台卖炖羊肉、羊杂碎等吃食的……好不热闹。

今天交流会午场的正戏是晋剧《辕门斩子》,说的是北国辽太后萧银宗南下入侵,大摆天门阵,宋八贤王、佘太君随大军驻守边关抵抗。元帅六郎延昭派其子杨宗保出营巡哨,宗保在穆柯寨与穆桂英交战时,俩人一见钟情,遂结为夫妻。六郎闻之大怒,要将宗保推出辕门斩首示众。穆桂英得知消息后救夫心切,向六郎献出破阵急需的"降龙木"。六郎得知穆桂英智勇双全、才貌出众,加之佘太君、八千岁作保,遂免宗保死罪。宗保、桂英夫妻二人大破天门阵,为国立功。关于这个杨家将的故事,小伟曾多次听老舅爷讲起过,他自小就十分敬佩杨家将保家卫国的忠勇。但此时,他也被这曲调优美圆润的晋剧腔调所吸引。

这时,东南角响起了一阵锣鼓声。小伟拉毛毛走过去一看,原来这里正在进行猴子表演。猴子表演当地叫"耍猴的"。这是一门古老的民间艺术活动。现在这种形式虽然不多见了,但在某些偏远地区还有一些民间艺人在从事这项活动。锣鼓响起来了,只见几只驯养有素的小猴子一会儿扮作齐天大圣的模样,手里舞动着金箍棒,在场里翻起了跟头;一会儿又戴上小花帽拉着小车在场子里跑来跑去,样子既可爱又滑稽。表演结束了,小猴子摘下头上的帽子,转着圈向四周的观众收钱。观众们纷纷掏出一元两元的零散钱向帽子里投去。小猴子也不嫌多少,只要给钱就点点头、鞠个躬。到了小伟跟前,小伟掏出五元钱投进去。这小猴子仿佛认识这张大票面,一连向小伟鞠了两个躬,引得观众开怀大笑。

  散场了,毛毛却拉着哥哥要去旁边买雪糕。这时小伟发现一个四五岁的小男孩眼里含着闪闪的泪花,正在东张西望地寻找着什么。小伟上前拉着他的小手,问他是不是找不到妈妈了。原来,在拥挤的人流中,这个小男孩果然是和妈妈走散了。小伟递给他一根雪糕,安慰地说:"小朋友,不要着急,哥哥和姐姐帮你找妈妈,一定能找到的。"可此时会场内外人流如潮,呼喊声响成一片,小伟和毛毛领着小男孩转来转去,可孩子的妈妈在哪里呀?肯定这会儿她也是着急如焚哪!小伟突然灵机一动,他对毛毛说:"咱们不能这样乱找了。我们赶快到大会保卫处去,让他们广播广播吧!"于是,他们很快便来到大会保卫处,说明来意。保卫处的同志立马进行了广播找人。不一会儿,只见一位年轻的妇女匆匆赶来了,一把抱住小男孩哭着说:"我的心肝宝贝,你跑哪里去了,真是急死妈妈了。"工作人员说:"快别哭了,孩子找到了还哭啥?还不赶快谢谢这两个孩子。"这位年轻妇女回过头来刚要说声"谢谢",只见杨小伟牵着毛毛的手已消失在了人群之中。

九、女英雄的故事

一连下了好几天雨。

小伟本来要帮着爷爷到地里去干活儿,因为下雨,地里的活儿不能干,他就和妹妹毛毛在家里写作业。他们一边写一边与爷爷聊天,免得爷爷寂寞。

天气终于放晴了,太阳钻出了云层。

小伟已经很久没有见过老舅爷了,今天他打算要去看望老舅爷。毛毛听说了也要跟着去。

来到村东庄窝老舅爷家,可老舅爷不在家。老舅奶说:"你老舅爷到河湾地里拔草去了。"他们一听扭头便往河湾里走去。今年夏天风调雨顺,河湾里庄稼长得特别好,玉米已有一人多高,透出了红色的穗子,成片成片的山药开出紫白色的花朵,蓝莹莹的胡麻花随风飘荡。放眼望去,河滩里红一片、黄一片、白一片、蓝一片,美不胜收。

他们在一块茂盛的山药地里见到正在拔草的老舅爷。老舅爷见是小伟他们来了,便关心地说道:"噢,是小伟回来了!一个学期不见,又长高了。"

小伟说:"老舅爷,我也很想您啊。我们来帮您拔草吧!"

老舅爷忙说:"不用你们,不用你们。我这营生慢慢做就行了,你们几个快玩去吧!"可小伟哪里肯住手,说着便挽起袖子一头扎进地里干了起来。时间不知不觉就过去了一个多钟头,老舅爷怕孩子们累着,便招呼着说:"孩子们别拔了,咱们快

九、女英雄的故事

歇息一会儿吧!"说着,老人家挨着个地给小伟和毛毛擦了擦头上冒出的汗水,爷仨个就坐在了地头上。小伟说:"老舅爷,您给我们讲个故事吧,您以前不是说过,要给我们讲现代穆桂英的故事吗?"

毛毛一听高兴地拍起手来:"好好好,就讲这个故事,我可爱听故事啦。"

看着两个孩子企盼的眼神,老舅爷将地头放的水壶递给他们说:"你俩先喝些水,我再给你们讲故事。"说着,老人家清了清嗓子,略略沉思了一会儿,便讲起了那些难忘的往事。

那是烽火连天的抗战岁月,日本侵略者的铁蹄践踏着我们祖国的大好河山。那时咱们清水河这一带属于晋绥边区,是抗日战争的革命老区。当时这长城内外活跃着一支打击日寇的抗日游击支队,支队的指挥者是一位女同志。

这位女英雄名字叫李林,是福建龙溪县人。她祖父、父亲是爱国华侨。早年她祖父下南洋经商,在印度尼西亚开辟了自己的橡胶园,经过两代人的努力,他们拥有了一份丰厚的家产。李林从小便生活在这样一个殷实富裕的家庭里。后来,荷兰殖民主义者入侵印尼,印尼华侨受到残酷的压迫和排斥。李林十四岁时,父亲带领全家回到福建。回国后,李林在厦门集美中学读书,毕业后以优异的成绩考入北平民国学院。就在这个时期,日本帝国主义侵占了我国东北三省。从小经历过殖民统治的李林对帝国主义恨之入骨,在学院学习期间,她加入了中国共产党领导的秘密进步学生组织。不久后,她就参加了声势浩大的"一二·九"运动,与北平数千名在校学生上街游行示威。李林站在高高的讲台上发表了慷慨激昂的演讲,高喊"停止内战,一致对外"、"打倒日本帝国主义"、"反对华北自治运动"等口号。当时,游行学生遭到国民党政府的残酷镇压,许多学生遭到逮捕和迫害,李林的名字也被列入特务的逮捕名单。

"一二·九"运动后不久,李林光荣地加入了中国共产党。不久,按照党的指示,李林离开北平,结束了她在民国学院政治系的学生生活,来到当时抗日斗争十分激烈的山西太原。当时,中共山西工委派她到党领导的抗日牺牲救国同盟会举办的军政训练班接受军训。军训班里专门成立了一个女子连,李林兼任女子连的党支部书记。女子连的姐妹们很快就发现,李林是个性格热情、爽朗又顽强、能吃苦的女兵,她带头脱下时髦的旗袍,换上部队发的军装,并且起早贪黑地和战友们一起摸爬滚打,苦练杀敌本领。

  军训结束后,李林被分配到晋北抗日前线大同一带开展抗日救亡运动,并任中共雁北工委宣传委员。为了尽快打开局面,她带领战士们奔走呼号,积极发动群众,宣传党的抗日政策。每到一个村庄,他们便在村里贴标语、演节目,受到当地民众的热烈欢迎。

  1937年7月,李林又随晋西北特委来到长城边上的平鲁,之后又从平鲁转移到了偏关。当时,李林主动适应雁北高寒地区的艰苦生活,她吃得下苦菜山药蛋,穿得起老羊皮皮袄。她在这一带亲手建立了一支抗日游击队,并担任队长。接着,她又正式建立雁北抗日游击队第八支队,带领这支队伍挺进洪涛山区,建立各级动员会,组织区、乡抗日自卫队,开辟和建立敌后抗日根据地。由于洪涛山区横贯晋北左云、右玉、平鲁、朔县、山阴、怀仁等县,李林她们经常在平鲁、右玉一带活动,有时也跨过长城到清水河、丰镇、凉城一带打游击。每到一地,李林和她的战友们总是要发动群众,组织武装。李林总是那样朝气勃勃地带头讲演、演戏、唱歌,向群众进行宣传。她有非凡的鼓动群众的本领,住在谁家立刻就成为人家的一员。她处处关心群众的利益,帮助群众解决困难。因此,当时雁北绥南地区很多人都知道她的名字。

  那时,李林的部队也常到咱们盆地青一带来活动。咱们当地的老人们把她当干女儿,青年人把她当作知心朋友。特别是有些老大娘们,一提起李林,话匣子就打开了:"这闺女多能耐、多灵巧啊!"像是夸自家的闺女一样,左一个好右一个好,絮叨起来没个完。那时,村里常有人领着儿子来找李林:"把人交给你们,让他跟你们打鬼子去吧!"

九、女英雄的故事

一次,李林带着队伍在右玉南山地区走了整整一天一夜的山路,同志们是又饿又累。第二天黎明时远远看见前面有个大村子,李林决定进村去寻顿饭吃,让大家也歇息一会儿。可不一会儿,派出侦察的战士带回一个老乡,说前面的村子叫田成村,村口有个碉堡,后面是个大院子,里边驻着一个伪军中队,有百十来号人、五六十匹马。当时,部队已是人困马乏了,打还是不打,大家一时难以决断。这时李林果断地下了决心,她说:"同志们,这送到嘴边的肉不吃太可惜了。我们不是要准备成立骑兵营吗?正好这是个武装我们的好机会啊!这一仗,咱们一定要勇猛、果断,夺取全胜!"说完,她立即指挥队伍神不知鬼不觉地来到村外的土坡后面,把村中的情况看个一清二楚。这时,碉堡前面有个哨兵倒背着枪,半闭着眼睛来回遛达着。"叭——"的一声,李林一枪就结果了这个敌哨兵。紧接着,我们的排子枪也打响了,手榴弹也在碉堡上下院子里爆炸了。转眼间,村里枪声大作,硝烟四起。敌人是做梦也没想到八路军会来,顿时乱作一团,有的连衣服也顾不得穿,光着身子各自逃生,完全丧失了抵抗能力。这时,只见李林登上山坡,一挥手中的枪高声喊道:"同志们,冲啊!"我们的战士们顿时像猛虎下山,杀声震天地冲向敌人。那些平时在手无寸铁的老百姓面前作威作福、不可一世的伪军,这时都吓得像鬼一样地散了。战士们冲进院里时,除去十几具尸体外,连个鬼影都没有了。活着的敌人只顾仓皇地逃命,连马都没来得及骑,马厩里的马全部成了我们的战利品。当附近日本鬼子据点得到消息乘汽车赶到田成村增援时,李林又指挥部队抢占有利地形,隐蔽在树丛里。等敌人全部进入山沟里,李林站在山坡上一声令下:"打!狠狠地打!"顿时,子弹像雨点般地射向敌人,手榴弹落地开花,炸得日本鬼子人仰马翻。我们的部队又打了个漂亮的伏击战,极大地鼓舞了雁北人民的抗日斗志。李林同志英勇抗击日本侵略者的事迹传遍了长城内外,老百姓拍手称快。当时,《新西北日报》还刊发长篇通讯,向全国人民介绍了李林抗击日本侵略者的英勇事迹,称赞她在日寇的多次扫荡中,率领游击健儿挺进边区,神出鬼没与敌人周旋斗争，粉碎日寇的围剿和扫荡，巩固和扩大了边区抗日根据地。

那年，晋绥边区在兴县蔡家崖召开晋西北代表大会，作为雁北地区的代表，李林参加了这次大会。会议期间，闻名中外的贺龙司令员亲自接见了李林，关切地询问她的工作和生活情况，夸赞她是"我们的女英雄"。贺司令员亲切地说："李林同志，你是印尼华侨，是我党少有的女知识分子。你千里迢迢到晋西北参加抗日斗争，是当代青年的榜样。晋西北地区生活条件艰苦，你这个南方姑娘习惯吗？有什么困难提出来，组织上帮你解决。"

李林真没想到，这位曾经和周恩来、朱总司令一起领导"八一"南昌起义的将军竟是如此平易近人。贺龙司令员的接见，极大地鼓舞了李林，她表示要重返前线，英勇杀敌，以满腔热血报效祖国。

不久，为了适应形势发展的需要，壮大抗日主力部队，上级决定把雁北抗日挺进支队改编为一二〇师雁北第六支队，李林率领的八支队和右玉的五支队改编为六支队所属骑兵营，李林任这个营的教导员。1940年4月，日军集结重兵对我晋北洪涛山根据地发动第九次大围剿。当时，雁北地委、专署机关驻在朔县东北一带，这里正在举办青训班、工训班、农训班、妇训班。这些训练班集中了从各地抽调来的基层干部，他们绝大多数既无武器又无战斗经验。在敌强我弱、敌众我寡的情况下，为了保存力量，寻找战机消灭敌人，上级决定立即跳出敌人的包围圈，向外线转移。

在这次突围战斗中，李林主动担任起掩护大部队转移的重任。开始地委书记说啥也不让她做后卫，对她说："你是女同志，担任掩护不合适。我们留下来，你们先撤。"

但李林坚定不移地说："别争了，你是地委书记，地委是领导机关，撤出去后还有很多工作需要你去做。这一带我熟悉，有警卫连配合我就行了。"

当天，部队就掩护着机关向平鲁方向转移。战斗打得很激烈，李林率部队坚决抵抗，掩护后面人员突围。敌人的机枪、小钢炮连续向我方射

九、女英雄的故事

击,敌人的包围圈越来越小了。当时,情况万分危急。就在这时,只见李林纵马跑到骑兵连前,高声喊道:"同志们,跟我来!"说完,她就一马当先,向枪声最密的地方冲去。战士们一见教导员指挥作战来了,立即纷纷调转马头,喊着雄壮的杀声,猛冲过去。经过一阵冲杀,敌人的火力都被骑兵连吸引过去了。这边的枪声渐渐稀拉下来了,于是后面一千多非战斗人员迅速突出了敌人的包围圈。但是,此时李林带领的骑兵连已和敌人搅在了一起。他们的处境非常不利:敌人已经封锁了前面的沟口,两面的山崖又很陡,并且被敌人占据了,敌人的机枪不住地扫过来扫过去。李林在弹雨中带着部队边打边冲。眼看就要冲到沟口了,正在这时,李林骑的战马被敌人甩过来的手榴弹炸死了,她的胳膊和腿也负了伤。战士们要下来扶她,她厉声喊道:"别管我,快给我冲出去!"鬼子又冲上来了。李林强忍着疼痛,挪动了几步,扑在一个土堆旁,双手各拿一支枪向敌人射击,掩护战士们撤退。敌人越来越近了,可此时李林的子弹却打光了。她四下望了望,战士们已经陆续脱离了险境。可她自己突围已不可能了。于是,她安然地把一支手枪拆卸开,将零件东扔一块,西扔一块。敌人见她停止了射击,知道她的子弹打光了,便一齐向她拥来,还哇哇地乱叫。李林突然"呼"地一下站起来,尽着嗓子高喊一声:"中国共产党万岁!"没等敌人靠近,便用剩下的那支手枪对准了自己的头部,打出了最后一颗子弹……李林同志就这样英勇地牺牲了。这一天是 1940 年 4 月 26 日,这年她仅仅 25 岁!战斗的硝烟弥漫在山头,烈士的鲜血染红了山坡上的野花……

讲到这里,老舅爷的眼睛潮湿了,声音哽咽了。杨小伟眼含热泪,痛苦地低下头沉思起来,毛毛也难过地哭出了声。他们的思绪一直沉浸在故事中,一直在想着这个女英雄。

十、小小收藏家

杨小伟是个天真活泼的少年,他从小就热爱英雄,崇拜英雄。他爱看打仗的小人书,爱看战斗故事影片,知道很多战斗英雄的故事。他把好多英雄人物的照片剪下来贴在自己的笔记本里,这些图片成为他最珍贵的收藏品。

日积月累,他已经收藏了厚厚的一大本。这些英雄的图片,有战争年代的,有和平年代的,有古代的,还有现代的,甚至有外国的。反正凡是他崇拜的英雄他都收集。

这些图片中有黄继光、邱少云、罗盛教、刘胡兰、赵一曼、江姐、狼牙山五壮士、董存瑞、小兵张嘎、张思德……有雷锋、王杰、欧阳海、刘英俊、向秀丽、刘文学、草原英雄小姐妹龙梅和玉荣……有卓娅、舒拉、马特罗索夫、佐罗、瓦尔特……有古代英雄赵子龙、关云长、荆轲、武松、岳飞、花木兰、穆桂英、三娘子、戚继光、郑成功……

收集英雄图片成了杨小伟的一大嗜好,打开他的收藏本,每一张图片都有一段激动人心的英雄故事。

有一天,毛毛看到他的收藏册,打开一看,惊讶地说:"呀,哥哥,你都快成收藏家了。我听说人们收藏邮票、粮票、布票、火柴盒这些老古董。你咋尽收藏些图片呀?"

小伟说:"老师说收藏是一门学问,反正我最喜欢收藏英雄的图片了。"

毛毛说:"那你就是一个英雄收藏家。"

十、小小收藏家

小伟笑着纠正说:"不是英雄收藏家,是收藏英雄家。"

毛毛翻着翻着,简直入了迷,她尤其喜欢图片中的那些女英雄。她对小伟说:"今后我也要收藏,我要专门收藏女英雄。哥哥,你能把这些女英雄的图片给我吗?"

小伟说:"那可不行,不过我可以帮你搜集。其实男的女的都一样,他们都是英雄,都是我们学习的榜样。你看我这里面古今中外的英雄人物都有……"

小伟和毛毛热烈地议论着,引起了爷爷的兴趣。他走过来问:"你俩说得好热闹啊,那是什么好看的,让我也瞧瞧。"

毛毛把本子给爷爷递过来,爷爷看着看着,也受到了感染,他心想:小伟真是个有心的孩子,这孩子从小就有雄心壮志,可真是棵好苗苗。

在两个孩子的感染下,爷爷兴趣盎然地说:"古书里说当年曹孟德和刘玄德青梅煮酒论英雄。今天你们俩在这土窑洞里也论英雄。好呀,好呀,真是少年有志,英雄出少年啊!"说着爷爷便大笑起来。

毛毛天真地说:"爷爷,现在不打仗了。要是打仗,我也要当个女英雄。"

小伟说:"不打仗也能当英雄,雷锋叔叔不就是和平年代的英雄人物吗?我们老师说过,只要为人民做好事,就是英雄。爷爷您说对吗?"

"对,对。我们学习英雄,就是要学习他们的精神。其实在我们村里过去就有不少英雄。像咱们南山坡烈士纪念碑上的李二铁、三海鱼、高润兰、张小瞒、张财小等那几十个人,他们当兵打仗,为了革命献出了宝贵的生命。他们就是咱们身边的英雄,人们永远不会忘记他们。"

听了爷爷的话,小伟深深地陷入思索之中。他以前总认为,英雄人物是那么高不可攀,离他那么遥远。其实英雄人物也是平平凡凡的人,他们是一步一步成长起来的。这些英雄人物,有时就在自己身边。

清明节到了,塞北大地荡漾着春天的气息。山林里传来布谷鸟的叫声"咕咕——咕咕——"它似乎在提醒人们,播种的季节来到了。

小伟决定去完成久藏于内心的夙愿——到南山坡上为革命烈士扫墓去。他把自己的心思告诉了爷爷。

爷爷毫不犹豫地说：“走，我们一块去。我也好久没有去南山坡了。”

小伟要到南山坡上去扫墓，当然少不了毛毛。因为小伟头一天晚上已告诉她了，毛毛激动得一夜没睡好觉，就盼望着天亮。

爷仨来到南山坡上。这时沟坡里的柳树已经发芽了，柔软的柳条在风中摆动；白杨树枝吐出了紫色的小毛穗。烈士纪念碑周围的迎春花绽出了嫩黄的小花朵，显得生机盎然。小伟将带来的水果、点心摆放在墓地前。这时，爷爷从挂包里拿出一串红辣椒，挂在墓地前的小树杈上。小伟不解地问：“您怎么供奉红辣椒呢？”

爷爷说：“你们不知道，这里还埋着一个十六岁的山娃娃呢。他叫来孩，是山西人。他最爱吃辣椒了，每次打完胜仗，他总要找辣椒吃。他说吃了辣椒有力气，打起鬼子来火力旺。可惜来孩这孩子在咱们村后的一次战斗中，胯骨受了枪伤。那时来孩悄悄地留在咱们村养伤，村里的人们偷偷地给他送饭。当时正值六月天，来孩的伤口感染得很厉害，可村里人们又没有什么药物能给他用，最终来孩还是被伤痛夺去生命。”说到这里，爷爷长叹一声，“唉，那时候要是能有现在的药品，来孩这孩子绝不会死。”

爷爷坐在烈士墓前，默默地深思起来。小伟摆好了供品，毛毛已经采来许多野花摆放在了墓前。

小伟和毛毛跪在墓地前，虔诚地磕了三个响头。

这时，爷爷从挂包里掏出一个小布包，小布包里还有一个小布包，爷爷层层打开，里面露出一绺鲜红鲜红的穗穗。

爷爷说：“来孩牺牲时什么也没有留下，就留下这一绺红穗穗。这是当年他在儿童团时扎在红缨枪上的红缨子。他曾告诉我，这绺红缨子是他行军打仗时的护身符，一直带在身上。这是他牺牲时我从他身上找到的。”

说着，爷爷将红缨子递到小伟手里说：“我保存几十年了，现在送给你们，做个永久的纪念吧。”

小伟接过红缨子一看，鲜红鲜红的缨穗，丝毫没有褪色。他拿着迎风一抖，红缨子在他手上飘舞起来，像一绺火苗在燃烧。

十一、被锁在图书馆里的小读者

杨小伟是个酷爱读书的孩子。上中学时,他除了完成课堂上老师讲授的功课外,还利用业余时间阅读了许多中外名著。那时,他把父母亲给他的零花钱大部分买了书,书成为他生活中不可缺少的宝贵财富。

每到星期天,他就去逛书店,有时在书店里一待就是大半天。饭也忘了吃。

有一次他到乌兰察布西路的图书馆去看书,他坐在一个角落里认真地读起来。管理人员下班了,他也不知道。

因为他个子小,管理人员清场时也没有注意到他,便锁上门走了。等他醒悟过来时,才发现图书馆里已空无一人,他走到门口,发现门也被锁上了。

他急得大声喊起来:"阿姨,阿姨,快开门呀!"

管理人员听到喊声后,发现竟有一个小孩被锁在里面了,抱歉地说:"对不起,对不起。"然后又用责怪的口气说,"你这孩子,简直成书迷了,肚子不饿吗?"

小伟红着脸说:"我带面包来着。"

管理人员很受感动。以后,小伟每次来这里读书,管理人员总要提醒他:"小家伙,快到点了,赶快回家吃饭去吧。不然你妈妈找不到你,该着急了。"

小伟在家里也是这样,读起书来经常废寝忘食,有时妈妈催促好几遍,他才醒悟过来。妈妈心疼地说:"这孩子,念书念得快成书呆子了。"

有一次,小伟和毛毛还有三弟在一起看书。读着读着毛毛打起了瞌睡,小伟在旁边推了她一把。毛毛伸了个懒腰说:"好累呀,困死我了。"

小伟说:"读书要专心致志,不能三心二意、心不在焉。少壮不努力,老大徒伤悲。古人读书头悬梁、锥刺股,多么认真呀!你才读了这么一会儿,就发困,这怎么行呢?"

毛毛眨了眨眼睛问:"哥哥,啥叫头悬梁、锥刺股呀?"

三弟抢着说:"我知道,就是把头发用绳子扎起来,吊在房梁上。读书读困了,用锥子扎大腿。"三弟把小伟给他讲过的故事又说给毛毛听。

毛毛说:"那多疼呀,我可不敢用锥子扎大腿。"

小伟说:"我说的就这么个意思。我们要学习古人这种刻苦精神,并不是真的要你用锥子扎大腿。"

经他俩这一说,毛毛的困劲也过去了,不甘示弱地说:"我也知道古人刻苦读书的故事,是老舅爷讲的。古代有个小孩,家里很穷,买不起蜡烛,就在墙上挖了个小洞,借着邻居家的灯光读书。还有个小孩,也是家里很穷,买不起蜡烛,也买不起灯油,就捉些萤火虫……"

三弟说:"咱们这里萤火虫可多啦,一到晚上在草丛里一闪一闪的,可明快了,赶明儿我也给你捉些萤火虫来。"

小伟笑着说:"现在用不着凿壁偷光、囊萤夜读了,现在咱们有了电灯。咱们要抓紧美好的年华,刻苦学习,以便从小打下良好的基础。"

小伟看他俩确实有点累了,便讲起故事来。小伟说:"现在我给你们讲一个外国文学家刻苦学习的故事。安徒生,你们知道吧?他是丹麦人,是伟大的童话作家,《丑小鸭》、《卖火柴的小女孩》、《皇帝的新装》,都是他写的。"接着他便娓娓动听地讲了起来。

安徒生11岁时,父亲便去世了。这时他刚读完小学。父亲去世后,他再也无法上学了,母亲带着他过着乞丐般的生活。穷人家的孩子总是被人看不起,他穿得破破烂烂,有时还吃不饱饭。富人家的孩子经常欺负他,嘲笑他。

可是安徒生是个有志气的孩子,他暗自下决心,要想办法多读些书,改变自己的命运。他有一个小伙伴,这个小伙伴家里有个小阁楼,阁楼上存放着一些书籍。因为很久没人来过这里,阁楼上布满灰尘,房梁上结满了蜘蛛网。

安徒生经常爬到这个小阁楼上去偷偷地看书,有时一看就是一天。小伙伴的老奶奶是个和蔼可亲的老太太,她发现安徒生的秘密后,不但没有责怪他,还鼓励他,并把一些书送给了他。老奶奶很会讲故事,闲下无事的时候,她就给安徒生讲那些妖魔鬼怪的故事,讲《一千零一夜》的故事,讲《伊索寓言》,讲发生在森林里的童话故事。

安徒生充满了好奇心,有时他独自一个人跑到森林里去,在湖边看野鸭子游泳,看白天鹅跳舞,在雪地上堆雪人,听夜莺唱歌。他希望在森林里能碰到一些稀奇古怪的事,可是一次也没碰到,于是他根据自己的经历和想象,开始编写一些童话故事。

后来,安徒生找到一份工作,在一个皇家剧院当杂役。他通过自己的努力,还得到一份助学金,从此便上了正规的学校。就这样,安徒生这个出身贫穷家庭的孩子,通过刻苦学习,终于成为闻名世界的童话作家。

毛毛和三弟听得入神,他们真佩服小伟哥哥,小小年纪竟有如此丰富的知识。

小伟平时读书非常认真,他读完一本书都要写下些读书笔记,写下自己的心得体会。他把书中的许多好句子、格言都记下来,有些好的段落他还能一句不落地背诵下来。

十二、瓜果成熟的季节

一大早起来,雪虎就有些心神不定的样子,一会儿跑到大门外,蹲在磨盘上往远处看,一会儿又跑进屋子里,东看看,西瞅瞅。

奶奶扔给雪虎一块骨头棒,可雪虎待搭不理地瞅了瞅,连尾巴也不摇。奶奶说:"今儿这狗是咋啦,是不是病了?蔫不拉叽的,一点精神也没有。"

学校的假期到了,雪虎预感到小伟要回来。很久没见面了,雪虎很想念他。

小伟真的回来了。"雪虎——雪虎——"一进村口,小伟就站在小河畔,双手做成喇叭状,拉着长音喊起来。

雪虎耳朵真灵,"噌"地从院子里蹿了出去,箭也似的冲门坡前奔去。

跑到小伟跟前,它是高兴得又蹦又跳,两只爪子搭在小伟肩膀上,又闻又舔,亲热得好像很久没见面的老朋友。

雪虎是小伟饲养的一只小白狗。

去年冬天,小伟放学回家,在路边的草垛里发现有个小东西在蠕动,他扒开一看,原来是一只瑟瑟发抖的小白狗,几乎快要冻僵了,好可怜哟。

小伟连忙把它揣在怀里,用体温温暖着它。渐渐地,小白狗缓过来了,睁开一双黑眼睛,用企求的目光看着他。

小伟把它带回家,给它喂牛奶,将熬好的小米粥放凉了喂给它喝。小白狗终于保住了一条命。

十二、瓜果成熟的季节

小白狗渐渐长大了,浑身洁白,小伟给他取了个名字叫"雪虎"。现在雪虎已经长成一只矫健的牧羊犬。虎头虎脑的,奔跑起来像一道白色的闪电。

夏天,瓜果成熟了,小伟决定去看他姥爷。好几个月没见姥爷了,小伟很想念他。

姥爷住在清水河与和林县交界的一个叫甜水沟的小山村里,离他们这里有十几里地远。小伟领着雪虎一块去。一路上,雪虎摇着雪白的大尾巴,跑前跑后,快乐极了。

对于这条山路,雪虎并不陌生,因为它跟着小伟来过几次。雪虎记性可好了,只要来过一次,它就能记住。大老远,雪虎就看到姥爷窑洞前边的那棵大槐树,撒开四条腿飞也似的跑开了。小伟在后边追也追不上。

姥爷看见雪虎,知道是小伟来了,忙从院子里迎出来。

小伟跑得满头大汗,看见姥爷高兴地说:"姥爷,我给您带来件新礼物,您肯定喜欢。"说着从挎包里掏出一个小方盒子,递到姥爷手里。

姥爷说:"这是什么呀,包裹得这么严实?"

小伟打开盒子,里面是一个红色的随身听。小伟拧开开关,里面唱起了二人台曲目《借冠子》。

"是戏匣子呀!这么小巧的戏匣子,声音还蛮大的。"

"您别看它小,里边装的戏可多了。有您爱听的晋剧《下河东》《打金枝》《三关点帅》《金沙滩》……反正可多了。"

姥爷端来一盘香瓜,说:"这是前晌刚摘回来的,已经洗过了,可甜了,快吃吧!"

小伟走了一路,有些渴了,拣了个大个的吃起来,边吃边说:"真甜,真甜呀!"

这些香瓜是姥爷亲手种的,姥爷知道小伟爱吃瓜,每年都要在沟里种一片瓜。自家人吃不完,就送给亲戚和村里的乡亲们吃。

晚饭过后,姥爷说要到地里去看瓜。小伟问:"怎么,村里还有人偷瓜吗?"

姥爷说:"偷是没人偷,咱们这儿的庄户人可守本分啦。这年头,谁还偷瓜呢?"

是呀,这一带山村,民风纯朴,人心善良,几乎家家户户都有果树、杏树、瓜地,从来没有人丢过什么。姥爷种瓜时经常有人从瓜地边走过,有些行路人走渴了,姥爷就叫他们到瓜地庵子里来吃瓜,解解渴,乘乘凉,聊聊天。客人吃了瓜,姥爷从来不收人家的钱。

小伟说:"既然没人偷,那您为啥要去看瓜?"

姥爷说:"你不知道,这几年咱们这禁牧了,山沟里的树多了草多了,生态环境变好了,山沟树林里动物也多起来了,什么野鸟啦、兔子啦、狐狸啦、獾子啦,到处都有。尤其是那獾子,经常黑天半夜跑到瓜地里来偷瓜吃。它吃还不说,主要是祸害你,不管熟的生的,乱吃乱咬……"

小伟听说有獾子,立刻来了精神。虽说没有见过獾子,但他知道家乡盆地青对面就有个叫獾子窝沟的地方,小时候常听爷爷说早年村里人经常半夜到这里掏獾子。他便对姥爷说:"我跟您一块儿看瓜去。"

人常说,狗通人性。雪虎在旁边竖起耳朵听着,它似乎明白了小伟的意思,顿时来了情绪,蹦蹦跳跳的,跃跃欲试。

小伟、雪虎跟着姥爷来到村外的瓜地里。瓜地旁边搭了个瓜庵子。瓜庵子其实很简单,用几根木头交叉着支起来,周围用些树枝柴草围起来,上面蒙了一块塑料布。

姥爷手里拿着一把装有四节电池的长手电筒,往庵子里一照,里面铺着一层厚厚的麦秸草、一卷简单的行李。小伟坐在里面,感到又凉爽又舒服,真正体会到山村里的田园风光。

此时,满天星斗眨着眼睛,淡淡的月光照耀着田野。四周一片寂静,只有小虫子们在草丛里唱着动听的歌。偶尔有夜莺从枝头飞过,留下一串委婉的叫声。雪虎蹲在瓜庵外边,两只耳朵竖立起来,警惕地听着田野上的一切动静。

这是小伟第一次在田野里过夜,他感到神秘而又新奇。

小伟和姥爷说东道西,直到后半夜小伟有些困了,才迷迷糊糊地躺在铺盖卷上。

这时,雪虎突然狂吠起来。小伟一激灵,立刻爬起了身。姥爷将烟袋锅子在鞋底上磕了磕,说:"看样子,这帮家伙是来了。"说着拿起手电筒从瓜庵里钻了出去。小伟顺手操起一根棍子,跟了出去。

十二、瓜果成熟的季节

前面的地里很快传来一阵阵响声,姥爷拿手电筒往前一照,只见四五只野獾子窜进瓜地里,毫不客气地啃咬起来。雪虎一个箭步冲上去,见了獾子就咬。只听得"吱——"的一声,一只野獾子被咬住了后腿,疼得直叫唤。

小伟抡起木棍,一阵乱打。

姥爷说:"不要往死里打,把它们吓唬跑了就行了。"

听了姥爷的话,小伟停止了追赶,只是大声地吆喝着。他心里想,这些小动物,教训教训它们就行了,如果打死了,多可怜呀!

雪虎可不这么想,它死死地咬住野獾的后腿,拼命往回拖。那只野獾子肥胖肥胖的,看上去足有十多斤重,不停地挣扎着,雪虎拖着也有些吃力。

"雪虎,雪虎,放开它吧,留它一条活命。"

听到主人的命令,雪虎松开了口。

那只受了伤的野獾子一瘸一拐狼狈地向山坡上逃去了。

一场战斗结束了。这是雪虎有生以来第一次参加实战,且大获全胜,它骄傲地摇起了大尾巴,美中不足的是,到口的肥肉给放跑了,不免有些遗憾。

小伟拍着它的脑袋,喂了它一根香肠,算是对它的犒劳。

通过这次血的教训,那帮野獾子们再也不敢来糟蹋瓜地了。

一天,小伟正在好朋友段磊家玩。毛毛来找小伟,说她奶奶炖了一锅肉,让他回去吃饭。毛毛在前边走,小伟跟在后边,一进院子就闻见一股扑鼻的香味。

进了门,小伟揭开锅一看:哇,原来是奶奶给炖笨鸡啊,好香呀!锅里足有四五只鸡呀,一下子能吃完吗?

奶奶说:"唉,别提了。我喂了一群鸡,这些鸡都刚能下蛋了,而且每天能收十几颗鸡蛋。没承想,昨天夜里窜进一只黄鼠狼,一连咬死六七只。你说这该杀的黄鼠狼,多可恶!它要吃鸡,就咬一只吃吧,可偏不,一连咬死六七只鸡。早晨起来,我一看满地都是鸡毛,多可惜呀!没被咬死的鸡,吓得躲在墙角里缩成一团。由于受了惊吓,蛋也下不出来了,真是的!"

奶奶心疼地唠叨着。

听奶奶这么一说,小伟明白了是怎么回事。他安慰奶奶说:"您别伤心了,我有办法治它。我非要抓住这只可恶的黄鼠狼不可。"

随后,小伟到鸡窝里去察看,就像侦查员察看作案现场那样,仔细地转了几圈,并认真察看了周围的地形。

原来这个所谓的鸡窝并非是真正的鸡舍,就是一孔废弃的土窑洞里放了些木板架子,破旧的门窗有好几处漏洞,窑洞里结满了蜘蛛网,地上散落着很多玉米粒。黄鼠狼要想吃鸡,很容易得手。

那时农村养鸡都是这种土法,反正村里有的是废弃的土窑洞,鸡住在里面又宽敞又暖和。这种散养的方法有很多好处。白天,鸡到山坡上、树林里去刨食,找虫子吃,长得又肥又大,下出的蛋个头大,营养丰富。城里人都爱吃这种称之为土鸡蛋的农家鸡蛋。不过这种散养也有缺点,就是不安全。有时,一群鸡在沟坡上觅食,在空中盘旋的老鹰一个俯冲下来便把鸡给叼走了。

经过仔细观察,小伟发现黄鼠狼是从窑门板下面的一个破洞钻进来的。

毛毛问:"你咋知道黄鼠狼是从窑门板下的破洞里钻进来的?"

小伟对毛毛说:"这你就不懂了,黄鼠狼机灵、聪明、攀爬能力差,可钻洞是高手,只要它的头能钻进去,整个身体也能进去。"小伟还告诉毛毛,"这只黄鼠狼是从西边山坡上下来的,然后沿着北墙根,在旧窑洞跟前停下来,确认安全后才钻进了鸡窝。"

毛毛不解地问:"你咋知道得这么详细呢?还知道它是从西边来的?"

小伟用手指了指地面,说:"你看这是什么?"毛毛看了半天,什么也没看出来。小伟说:"你再仔细看。"

毛毛弯下腰,这才发现地面的沙土上隐隐约约有些动物脚印,比猫的脚印小,比老鼠的脚印大。

毛毛说:"黄鼠狼长的啥样子?我怎么没见过呀?"

小伟说:"黄鼠狼是昼伏夜行的动物,它白天藏在洞穴里睡大觉,夜里才出来活动,一般人们轻易见不到它。它长着尖尖的脑袋,细长的身子。它最大的特点是会放臭屁,遇到敌人或紧急情况,它便放出一股臭屁,把敌人熏走。"

毛毛说:"这黄鼠狼可真坏呀!"

十二、瓜果成熟的季节

小伟说:"你没听说,黄鼠狼给鸡拜年——没安好心吗!黄鼠狼吃鸡,不整个吃,只是吸血……"

毛毛真佩服小伟,懂得这么多知识,事物观察得如此细致。

小伟说:"做贼的,做得再巧妙,总会留下些蛛丝马迹。狐狸再狡猾,也逃不过好猎手的眼睛。"

小伟摸清情况后,便站在大门外喊了声:"雪虎——"

雪虎闻声赶到。

小伟领着雪虎在旧窑洞里察看了几圈。雪虎伸着脖子,用鼻子仔细地嗅着。小伟又把它领到窑洞外边,沿着北墙根,向西搜索。

雪虎已经完全明白了主人的意图,它心想又有一场新的战斗等待它去完成。雪虎摆动着尾巴,表现得十分亢奋。它似乎在向主人表白:你放心吧,我一定完成任务。

晚上,小伟和雪虎悄悄地蹲守在旧窑洞对面的一间堆放杂物的小房子里,这座房子的门正对着旧窑洞,视野开阔,便于观察。

然而,小伟和雪虎蹲守了一晚,也没见黄鼠狼的踪影。

小伟分析了情况,认为昨天黄鼠狼刚吃了鸡,肚子不饿,所以没有来。一连两个晚上,情况都是如此。

毛毛有些急了,说:"这该死的黄鼠狼,咋还不出来呀?"

小伟说:"心急吃不了热豆腐,当猎人的,要有足够的耐心。"

第三天晚上,黄鼠狼终于出现了。小伟借着月光,看见它从西边过来,沿着北墙根鬼鬼祟祟向前爬行。这次它似乎提高了警惕,贼头贼脑地东看看西瞅瞅。

雪虎早已闻到了气味,恨不得马上冲上前去,只是小伟按住它的头,等待最佳的攻击时机。

黄鼠狼爬到了养鸡的窑洞门口,正准备往窑洞里钻,只见小伟手往前一指,一声大喊:"冲呀!"雪虎像出膛的子弹,"嗖"地射了出去。这只该死的黄鼠狼,怎么也没有想到会遭到大白狗的袭击,顿时吓得浑身哆嗦,本能地放了一个臭屁,顺着墙根逃走了。经过这次惊吓,黄鼠狼再也不敢来偷鸡了。

十三、雪地救牛犊

冬天来临了。早晨起来,小伟推门一看,外面下了一层厚厚的雪。放眼望去,大地一片洁白,树上挂满了雪花,像盛开的梨花。寂静的小山村银装素裹,显得格外美丽。

小伟拿了把扫帚,开始清扫院里的积雪。奶奶从屋里出来说:"快别扫它了,天还在下,等晴了再扫。天这么冷,别冻感冒了。"

小伟说:"不要紧,下雪不冷消雪冷。您在屋里待着吧,别出来了,小心把您滑倒。"

扫完院子,小伟又到门坡上扫出一条小路。他在前边扫,狗儿雪虎跟在他后边又蹦又跳,高兴得直撒欢儿。

小伟对雪虎说:"好好玩吧,等天晴了,我带你到南山坡去抓野兔子。"

这时,东头的小朋友小英子从远处跑来了,她是专门来找小伟的,见面后便急切地说:"小伟哥,不好了,我家的牛犊找不见了。"

"牛犊丢了?"小伟吃了一惊,忙问,"啥时候丢的?"

小英子说:"我也不知道啥时候丢的,爷爷在家正着急呢。"

小伟二话没说,领着雪虎向小英子家赶去。

小英子家住在村子的最东头,孤零零的几孔窑洞坐落在沟边的山坡上。小英子的爸爸妈妈都到城里打工去了,家里只剩下爷爷和小英子留守在村子里。小英子在村里上小学,放假后,最爱来杨家找小伟和毛毛一起玩耍了。

十三、雪地救牛犊

小伟来到小英子家,老爷爷正坐在炕沿上抽闷烟。

听见有人来了,老爷爷从屋里迎出来,一看是小伟,忙说:"孩子,快进屋里暖和暖和。"

小伟问老爷爷牛犊是啥时候丢的,老爷爷说:"从昨天晚上就不见了,早晨起来,我在周围找了半天也没找到。"

这时,毛毛和村里的几个小伙伴也来了,大家你一言我一语地分析起情况来。有个小朋友说:"是不是让人偷走了?"

老爷爷说:"这不可能,咱们这里从来没有人偷牛,也没听说过谁家的牛丢了。"

另一个小朋友说:"那是不是让狼叼走了?"

老爷爷说:"这也不大可能,咱们这里山上的动物是多了,但好多年没狼了。这些年人们开山放炮,再也没见过狼的踪影。"

大家漫无边际地议论着,小伟领着雪虎在牛棚看了看,并没有发现什么有价值的线索。

小伟说:"小牛犊很可能是走失了,我们分头到沟里去找吧。大家可要注意自身安全啊。"

小伟从小就表现出良好的组织才能,他在孩子们里是个娃娃头。孩子们都认为他见多识广,遇到事情头脑冷静、有主意,所以都听他的话。

雪还在继续下,这时又刮起了白毛风。西北风卷着雪粒,刮在人们的脸上,如同小刀子一般刺得脸生疼。

小伟领着雪虎,深一脚浅一脚地向前搜索。这时,前边出现了一条河滩。平时河滩里有一条小河,小河虽然不深,但里面布满了大大小小的鹅卵石。现在正值隆冬季节,小河被冻上了,上面盖了一层积雪,十分光滑。

一个小朋友突然滑倒了,小伟连忙走上前去把他扶起来,说:"你先回去吧,这里离村子还不算远,别把你冻坏了。"

小朋友说:"不,我不回去,我要和你们一起寻找小牛犊。你不是给我们讲过草原英雄小姐妹的故事吗?小姐妹为了保护公社的羊群,与暴风雪搏斗,走了几十里路,终于保住了公社的羊群。"

小伟给他拍去身上的冰雪。小朋友的脸被冻得红红的,小伟解下自己的围巾给他围在脖子上。小伟发现他的鞋带开了,刚才摔倒就是因为踩住了鞋带,于是弯下腰去帮他重新系好。

他们又向沟里搜寻了好长一段路,仍不见小牛犊的踪迹。

这时小英子突然惊喜地叫起来:"我看见了,我看见了,就在那里。"

小英子对自己家小牛犊最熟悉不过了,它是一只黑白花牛,身上黑一块白一块,油光发亮。

大家顺着小英子的手指往前一看,果然是小牛犊,它正蜷曲着卧在几棵大树旁边一动不动。小伟心想大概是冻僵了。

孩子们欢呼雀跃地向大树跟前跑去,可是近前一看,却令他们大失所望。原来那是一块大石头,上面盖了些雪花,从远处看真像一头黑白花牛犊。

孩子们垂头丧气,情绪一落千丈。就连雪虎也失去了信心,围着大石头转了一圈,耳朵耷拉下来。

小伟心想,在这关键时刻,决不能失去信心和耐心,信心和耐心是克敌制胜的法宝。

为了鼓舞士气,小伟唱起了他熟悉的那段京戏:"穿林海,跨雪原,我气冲霄汉……"

这激昂豪迈的歌声,在山谷里回荡……雪花欢快地舞蹈着,像银色的蝴蝶迎着北风翩翩起舞,白毛风似乎小了许多。两只喜鹊从远处飞来,落在那棵大树上叽叽喳喳地叫起来。

看着小伟信心十足的样子,孩子们重新振作起精神来。雪虎耷拉下来的耳朵又重新竖立起来了,兴奋得摇起了大尾巴。

小伟带领小伙伴们继续向前搜寻。

雪虎跑在最前面,跑着跑着,突然在一道土埂前停了下来,然后便狂吠起来。

听到雪虎的叫声,小伟急忙赶上前去,原来是一口枯井,井的四周落满了积雪。小伟小心翼翼地趴在井边上仔细听了听,发现有微弱的声响。探头往里边看了看,发现小牛犊掉进枯井里了。

原来这是一口废弃的枯井,是早些年村里大搞农田水利建设时人们准备浇地用而挖的井,但这井后来被废弃了。井壁虽然不算深,但小牛犊掉进去自己就爬不上来。它在枯井里挣扎了一夜,早已累得筋疲力尽,只剩下喘息的力气。

小牛犊找到了,可是要把它从枯井里弄出来,却是件不容易的事情。小伟围着枯井看了看地形,告诉大家不要靠近井口,以免发生危险。

　　小伟心想,靠眼前这几个赤手空拳的孩子,是无法将小牛犊弄出来的,必须找大人们帮忙。于是,他决定先派人赶快回村去报信。接下来,他便组织小朋友们从周围拣些树枝柴草来准备生火取暖。正巧不远处有一块玉米地,玉米虽然早收割了,但还有些玉米秸秆留在地里,孩子们扒开积雪,不一会儿便抱来了一大堆。篝火在雪地里升起来了,孩子们围着篝火取暖,暂时驱走了寒意。

　　村里的人们听说牛犊掉进枯井里了,不一会儿便来了五六个大人,他们手里拿着绳索、木杠赶到了现场。紧张的营救工作开始了。一个小伙子将绳索系在腰上,下到枯井里。此时小牛犊已经筋疲力尽,躺在枯井里动弹不得。小伙子用绳索将小牛犊四肢捆好,上边的人齐心协力,将小牛犊抬出了枯井。

　　小牛犊得救了。

　　小伟和孩子们欢呼起来,忘记了饥饿和疲倦。

　　这时雪已经停了,风也停了,太阳从云缝里洒下一缕缕温暖的阳光。

十四、夏令营的歌声

对于一个人来说,童年和少年时代是人生的黄金季节,有多少美好的事物深深地铭刻在青春的记忆中。

杨小伟已经是初中三年级的学生了。由于品学兼优,他还被自己所在的呼和浩特开来中学评为2009—2010年度的"三好"学生。今年的"五四"青年节,是他最难忘的日子,因为这一天,他光荣地加入了中国共产主义青年团。当他将一枚金光闪闪的共青团团徽别在胸前时,他感到无比光荣和自豪——这预示着他将从少年时代跨入青年的行列。

他把鲜艳的红领巾摘下来,紧紧地贴在胸口,然后收藏起来,心中默默地唱起那首陪伴他度过少年时代的歌曲:"我们是共产主义接班人,继承革命先辈的光荣传统,爱祖国,爱人民,鲜艳的红领巾飘扬在前胸……"

星星火炬照亮他前进的方向。他想起在学校升旗的时候,他多次担任升旗手。每当鲜艳的五星红旗随着冉冉升起的太阳上升的时候,他总是心潮澎湃,热血沸腾,凝重的目光里充满对祖国、对人民的无限热爱。

今天,他站在共青团团旗前庄严宣誓:"我志愿加入中国共产主义青年团,坚决拥护中国共产党的领导,遵守团的章程,执行团的决议,履行团员义务,严守团的纪律,勤奋学习,积极工作,吃苦在前,享受在后,为共产主义而奋斗!"

此刻,铿锵有力的共青团团歌在耳边响起:

我们是五月的花海,

十四、夏令营的歌声

用青春拥抱时代。
我们是初升的太阳，
用生命点燃未来。
"五四"的火炬，
唤起民族的觉醒，
壮丽的事业，
激励着我们继往开来……

暑假期间，呼和浩特开来中学举办夏令营活动。杨小伟是开来中学的优秀学生干部，这次夏令营他担任队长，因为同学们都很信任他。

小伟对自己的母校怀有深厚的感情，开来中学取"继往开来"之意。几年来，在学校和老师的教导关爱下，他从一个无知的儿童成长为一名共青团员。他决心以优异的成绩回报母校和老师。

这次夏令营活动是学校精心组织的一次课外活动，为同学们提供了一个接触社会、开扩视野、深入实际的好机会。他决心在这次活动中进一步培养自己的兴趣，锻炼自己的意志。

夏令营活动的第一天，他们去参观乌兰夫纪念馆。纪念馆坐落在呼和浩特市西郊。一进大门就看见乌兰夫那高大魁伟的雕像，那炯炯有神的眼睛正注视着远方。

乌兰夫同志是我党久经考验的共产主义战士，党和国家的优秀领导人，是我国杰出的无产阶级革命家，他为中国各民族的革命和建设事业做出了卓越的贡献。他的革命奋斗精神永远鼓舞着各族人民。

乌兰夫纪念馆是中宣部命名的全国爱国主义教育示范基地，也是广大青少年陶冶情操、培育民族精神的重要课堂。纪念馆里陈列着许多珍贵的历史照片和实物，记录着乌兰夫同志在革命战争年代和和平建设时期，艰苦卓绝，勤奋工作，鞠躬尽瘁，为人民服务的光辉的一生。

在讲解员的引导下，同学们看得非常认真，小伟不时掏出笔记本认真地做着记录，尤其是"百灵庙暴动的枪声"，给他留下深刻的印象。

抗日战争爆发后，乌兰夫受党的派遣，回到内蒙古大草原开展革命工作。他冒着生命危险,亲赴百灵庙镇领导指挥了著名的百灵庙起义,在千里草原打响了抗击日本侵略者的第一枪。星星之火,可以燎原,从此抗日烽火在草原上熊熊燃起。

百灵庙起义狠狠地打击了日本鬼子的嚣张气焰,鼓舞了草原人民的斗志。饱受侵略者欺压的牧民、农民觉醒了,他们感到貌似强大的日本侵略者并不可怕,只要我们团结起来,拿起武器,就能战胜它、消灭它。在共产党领导下,各族民众武装起来了,他们拿起武器,扛起大刀长矛与敌人周旋。

从巍巍大青山到八百里河套平原,从茫茫兴安岭到一望无际的锡林郭勒大草原,到处都回响着抗日的战歌。

在乌兰夫纪念馆的大厅里,同学们举行联欢会。大家纷纷上台表演。杨小伟是唱歌高手,可是他今天没有唱歌,他朗诵了自己写的一首诗《继承革命光荣传统》:

青山绿水不会忘记,
黄河长城不会忘记。
在这歌舞升平的日子里,
我想起祖国灾难深重的过去。

当年,海外倭寇罪恶的铁蹄,
践踏着这片美丽的土地。
侵略者伸出血腥的魔爪,
将华夏大地的财富攫取。

百灵庙清脆的枪声,
打破黎明前的沉寂。
乌兰夫率领草原民众,
举起抗击日寇的大旗。

从此,抗日烽火以燎原之势,
在辽阔的草原熊熊燃起。

十四、夏令营的歌声

　　长城内外,黄河之滨,
　　胜利的战歌响彻塞外大地。

　　今天,中华民族以强者的姿态,
　　跨进伟大的二十一世纪。
　　让我们展开梦的翅膀,飞翔,飞翔,
　　祖国的前程无比绚丽!

　　杨小伟的朗诵获得一片热烈掌声。很快,他的这首诗就被刊登在学校《夏令营快报》上,同学们争相传阅。

　　此后,小伟和同学们又参观了内蒙古博物馆。

　　博物馆里有许多珍贵的展品,向人们展示了内蒙古高原的无穷魅力。尤其是那高大奇特的恐龙化石,引起了同学们的极大兴趣。小伟站在恐龙化石前,仔细地听讲解员的讲解。

　　这些恐龙化石出土于内蒙古高原的二连浩特。这些身材高大的动物,生活在距今7000万年以前的侏罗纪和白垩纪,它们统治地球整整2亿年。因为这些奇形怪状的爬行动物样子十分吓人,所以科学家给它起了个名字叫恐龙,意思是令人恐惧的动物。

　　别看现在的内蒙古草原属于干旱少雨的荒漠草原,而在远古时期,这里气候湿润温暖,如同热带雨林一样,大地上生长着许多高大的植物,成群的恐龙在草地上、森林里觅食游戏。如果没有丰富的植物,它们哪里会成长如此高大的身躯?

　　在恐龙家族中,最厉害的是霸王龙,它身长可以达到17米,站起来有6米多高,相当于两三层楼高,体重达10吨,光头盖骨就有2米长。它们张开血盆大口时,嘴里露出两排锋利的牙齿,每颗牙齿有20厘米长,像一把把利剑,不知有多少食草恐龙变成它们口中的美餐。

　　随着科技的发展,人们发现还有比霸王龙更厉害的恐龙,那就是恐爪龙。这种恐爪龙就曾生活在我们内蒙古自治区北部边疆的二连盆地。

　　这种最厉害的恐爪龙,其实个子并不高,只有1.5米多高、2.5米长,体重150公斤左右。可这种恐爪龙身体灵活,奔跑如飞,最主要的特点是它脚上有尖利的爪子,这些爪子像镰刀一样带有弯钩。遇到大型食草恐龙时,它们会群起而攻之,跳到大型食草恐龙的背上,将其制伏,然后集体饱餐一顿。

前些年在内蒙古的二连盆地挖出许多恐龙化石,震惊了世界,二连浩特被称之为"恐龙之乡"。

小伟一边听解说员讲解,一边仔细观看,十分专注。这时同学乌兰托娅走到他身旁,悄悄地对他说:"看到恐龙了吧,这是我家乡的产物,你为我的家乡感到骄傲吗?"

小伟想起来了,乌兰托娅的老家就在二连浩特市,她从小在那里长大。前些年她父母到呼和浩特打工,她便随父母来呼市上学。每年放假她都要回二连浩特去。她告诉小伟,二连浩特被誉为恐龙之城,市门就是由两条巨大的恐龙雕像组成的,路两旁还有许多大小不同的恐龙造型,散布在绿色的草地上。市内有恐龙博物馆,里面保存着当年发掘恐龙骨骼化石的现场。

乌兰托娅对小伟说:"今年暑假,我领你到我的家乡去看看,去领略恐龙之城的风采。"小伟连连点头说:"我一定去,看看你家乡——祖国北部边疆的美景。"

内蒙古草原是马的故乡,马是牧民的好朋友。马在历史上扮演过重要角色,农耕、运输、战争都离不开马。蒙古民族被称为"马背上的民族"。

在博物馆里,同学们看到马的进化过程,展现了一幕幕精彩的进化场面。

最早的马叫原始马,简称"始马",它最早出现在6000万年前,也就是说,马是恐龙灭绝以后出现的动物。那时,它只有狐狸那么大小,背脊弯曲上拱,四肢细长,脚上长有4趾。它虽然善于奔跑,但跑得不快。它们生活在气候湿润的森林中,以嫩草和树叶为食。

到了渐新世中期,也就是距今大约4000万年前,出现了中马。中马体型增大了,大小与狼差不多。脚上的4趾变成了3趾,中趾增大,奔跑起来比始马快了许多。它们也生活在森林里,吃嫩草和树叶。

距今大约2500万年前,内蒙古草原地壳上升,演变成高原,气候变得干燥起来,原先茂密的森林退化成草原。为了适应这种变化,草原上出现了新的马种——原马。这种马比中马大,大约是现在的梅花鹿那么大。为了在草原上寻找食物,它跑得更快了。原先马生活在森林里,四周有树木阻拦,跑不快。现在广漠的草原一望无际,马的四肢便向奔跑的特点发展,它的中趾增强了,形成蹄子,奔跑速度更

十四、夏令营的歌声

快了。

距今1500万年前的上新世,出现了新马。新马体形更加高大,和现在的毛驴差不多,身体各部分的结构已接近现代马了。脚上的中趾凸出来,两旁的侧趾已经退化,完全变成单蹄着地,奔驰起来更为迅速。

大约距今300万年前,草原上出现了真马,也就是现代马。这个时期人类出现了。真马在草原上飞奔,令一切动物望尘莫及。真马成了动物界的长跑健将、健美运动员。我们现在看到的所有马种,包括驴、斑马都属于真马的行列。

从始马、中马、原马、新马到真马,经过五个阶段,马的进化达到高峰。马是草原的精灵,它给草原带来无限活力。

杨小伟一边走一边看,想不到关于马还有如此丰富的知识。乌兰托娅对他说:"我们老家,不但有恐龙,还有内蒙古草原最优良的马匹。去年全国赛马大会在呼和浩特赛马场举行,我们老家的马获得冠军。"

乌兰托娅问他:"你会骑马吗?"小伟说:"我不会骑马,但我很想学骑马。"托娅告诉他:"等放了暑假,我领你到我们家乡的草原,我教你骑马。"

说着,他们来到另一个展厅。

这个展厅里,展出的是阴山岩画和人类狩猎的场面。

阴山岩画,分布十分广泛,内容非常丰富,它东起卓资山,西至阿拉善盟,绵延1000多公里。这些岩画有些是用铜器磨刻的,有些是以铁器敲凿而成,这些图画有神灵头像、太阳纹图案和各种人面图形,更多的则是反映祭祀、狩猎、迁徙、家庭聚会等,记录了远古人类生产、劳动、生活的生动场面。这些形态各异的岩画,不仅体现了先民丰富的想象力和娴熟的雕刻技艺,而且显示了古代游牧人无穷的智慧和非凡的创造力。

早在3万年前,阴山南麓的河套地区就有古人类活动,考古学家把他们称之为"河套人"。他们比北京猿人晚,但比山顶洞人早。当时,河套人已拥有了娴熟的狩猎技能,他们发明了弓箭、石球、飞绳、圈套等狩猎工具。尤其是弓箭的发明使用,成为人类进化史上的一个里程碑。

考古学家曾在"河套人"居住的洞穴里发现了300多个羚羊角,它代表150多只羚羊,可见,他们当时的狩猎本领是非常强大的。这个时期,古人类还学会了饲养家畜。他们把活捉的小野猪饲养起来,慢慢驯化成家畜。他们学会了种植谷物,

"河套人"将谷物的种子播种在泥土中,发现可以得到好几倍的收获。驯养家畜、种植谷物,比狩猎、采集更有保障,这便是牧业和农业的雏形。尤其是对狗的驯化,为古人类带来很多好处,狗成了古人类的好朋友、好帮手。马、羊、牛、骆驼都是人类驯化而来的。

阴山岩画生动、真实、形象地记录了中华文明前进的脚步,也引得许多外国专家纷纷前来探索、研究。阴山岩画——北方民族的文明史,堪称世界瑰宝。

辽阔的内蒙古草原,是草原文明的发祥地。她和中原文明一样博大精深、多姿多彩。在这片神奇的土地上,先后有匈奴、突厥、柔然、高车、鲜卑、契丹、女真、蒙古等众多的民族在这里休养生息,发展生产力,为华夏文明做出了不可磨灭的贡献。

博物馆里众多的展品,使小伟和同学们大开眼界。他们为自己的故乡——可爱的内蒙古感到骄傲和自豪。

十五、冰面上传来呼救声

这年刚刚入冬,便下了一场坐冬雪。厚厚的积雪覆盖了大地,它将伴随人们度过整个漫长而寒冷的冬季,直到明年开春才会融化。

放眼望去,山川河流一片洁白,大青山好像穿了一件洁白的羽绒服,伫立在云雾之中。松树枝上挂满了毛茸茸的雾凇。郊外大地,千里冰封,万里雪飘,好一派北国风光。

星期天,班里的同学邀请小伟一起去滑雪。

滑雪,是小伟最喜爱的一项运动,它既能锻炼身体,又能磨炼人的意志和品格,是冬季户外有氧运动的最佳选择。

滑雪这项现代冰雪运动是从古代的生产劳动、交通运输方式演变而来的。

在古代,人类利用不同的自然环境进行交通运输。比如在多河流的地方,人们发明了船,利用船来运送物资。在陆地上,人们用车辆、畜力从事交通运输工作。在浩瀚无垠的大沙漠里,人们利用骆驼驮运物资。

在冰天雪地的北方,人们发明了雪橇、滑雪板等工具,从事交通运输工作,这样既省力又能提高速度。雪橇有狗拉雪橇、马拉雪橇、鹿拉雪橇。在内蒙古大兴安岭深处,有个少数民族鄂温克族,他们用"四不像"拉雪橇。"四不像"其实就是驯鹿。因为它的样子很特别,它头上的角像鹿,头像牛,身材像马,背部像骆驼,所以被人称作"四不像"。

古代,鄂温克族人在深山老林里打猎,他们把获取的猎物用雪橇运回到住地,省力而快捷。

在现代京剧《智取威虎山》中,杨子荣孤身一人打入土匪内部,为了里应外合,解放军战士利用滑雪板,在林海雪原里滑行,奇袭敌人。原本好几天的路程,他们一个晚上便赶到了。兵贵神速,一举歼灭了座山雕这股顽匪。这次战斗的胜利,滑雪起了重要作用。如果解放军不是在短时间内迅速赶到,杨子荣再勇敢,单枪匹马也无法对付众多的土匪。

现代滑雪运动已经是一项十分成熟的体育项目了。在冬季奥运会上有高山滑雪、越野滑雪、高台滑雪等多种项目,内容十分丰富。

杨小伟和同学们来到呼市郊外的太伟滑雪场。

虽然是隆冬季节,哈气成雾,可滑雪场上一派热闹的景象。

小伟蹬上滑雪板,手握滑雪杆,飞快地滑了起来。他滑了一个来回,发现乌兰托娅站在山坡上连动也没有动。

乌兰托娅大声向他喊道:"你别光顾自己滑,过来教教我呀!"

托娅是第一次来滑雪,看见别人在雪坡上滑行非常羡慕,可是当她站在雪板上却战战兢兢,怎么也不敢迈步。

小伟走过来,扶着她的手,告诉她:"上身前倾,头部抬起,两眼注视前方,不要紧盯着脚下的滑雪板。肩部放松,胳膊向前伸,膝盖微微弯曲,脚往后蹬。"

小伟说完要领,让她试一试。她果然能向前滑动了。可是没滑多远,突然感到身体失去重心,一下子摔倒在地。

托娅趴在地上,不好意思地说:"还没滑几步,便露丑了,真不好意思。"

小伟说:"在雪场滑雪,摔跤是司空见惯的事情,没有什么奇怪的,不摔几十次跤,哪能学会滑雪呢? 就是高手也难免摔跤的。"

其实在滑雪场摔倒,确实是极其平常的事,即使摔倒了,也不会很疼,因为雪是柔软的,和在平地上摔倒不一样。关键是要学会摔——摔也有技巧、有要领,这是一项必须掌握的自我保护动作。

小伟告诉她:"没学会滑雪之前,先要学会摔倒。如果感到要摔倒时,不要往前摔,也不能往后摔,要往两侧摔,顺势而倒。"

托娅从雪地上爬起来,按照小伟说的要领去做,果然有了效果,缓缓地滑了起来。滑着滑着,却无法停下来,她连忙喊道:"要停下来咋办?"

小伟告诉她:"要想停下来时,两脚呈内八字形,先减慢速度,再停下来。"

接着,小伟向她传授了前进、刹车的十字口诀"外八字蹬坡,内八字刹车"。向前或上坡时,双脚呈外八字形,向后方用力蹬;刹车时,双脚向里,呈内八字形,这样就停下来了。拐弯的八字口诀是:"压左转右,压右转左。"

小伟一边讲,一边做着示范,托娅按照要领,认真地去做,不一会儿便滑得有模有样了。

周围几个小朋友见小伟滑得好,纷纷上前请教。小伟也不推辞,耐心地做起了业余教练,他一个一个手把手地教,不停地纠正着同学们的姿势。

这时,两个黑人青年,一男一女,走到小伟跟前,向他打招呼。男青年用不很熟练的汉语,幽默地说:"哥们儿,你滑得真棒!我俩做你的徒弟,拜你为师。"

通过交流,小伟得知他俩是非洲留学生,现在在内蒙古大学读大一。

小伟谦虚地说:"我滑得一般,咱们互相学习,共同切磋技艺。"

男青年说:"你不要客气。我们是赤道几内亚人,我们那里一年四季都是炎热的夏天,从来没见过雪。来到内蒙古才第一次看到这美丽的雪花。这滑雪运动真是太刺激了!"

小伟虽然是第一次接触外国人,但在简短的接触中,感到他们热情、奔放,所以不再拘谨,话也开始多起来。

黑人青年自我介绍说,他叫安格尔,女同学叫贝丽丝。小伟也做了自我介绍:"我叫杨小伟,你们叫我小杨就行。"

安格尔听了高兴地说:"啊,小羊,是小羊羔的羊吧?"小伟说:"不是小羊羔的羊,是白杨树的杨。"

小伟一边教他俩滑,一边问:"你们那里是大沙漠吗?"安格尔说:"不是大沙漠,我们那里是热带雨林,森林面积达80%以上,首都马拉博在一座海岛上,四周全是大海。有机会我邀请你到我们那里做客,我教你冲浪,那也是一项十分刺激的运动。"

小伟说:"太好了,将来有机会我一定去。我就喜欢这充满刺激、充满风险的运动。比如这滑雪,在雪地上风驰电掣的感觉,真是妙不可言。你看这起伏的雪道,它就像一条人生之路,充满跌宕和诱惑,令人心血沸腾,奋进向前,一切困难都不在话下。"

这富有哲理的语言,令安格尔敬佩不已。

滑着滑着,贝丽丝不小心摔倒了。小伟连忙走过来,发现她手上擦破了一块皮,小伟连忙从口袋里掏出一块创可贴,让托娅给她贴上。

贝丽丝说:"不要紧,不要紧,一点都不疼。"托娅说:"贴上吧,免得感染。"贝丽丝连声说:"谢谢!谢谢!"

安格尔和贝丽丝具有体育运动天赋,虽然他们是第一次滑雪,但在小伟热情耐心的指导下,很快便能自由自在地滑行了。他们向山坡下滑去,挥手向小伟告别:"再见!"

从滑雪场出来,小伟和同学们挥手告别。他和托娅都住在西郊,他俩一路同行,骑车向东河走去。

东河是市区一条人工风景河,夏天这里清波荡漾,是市民休闲的好去处。现在时值隆冬,河面上结了厚厚的一层冰。

刚到东河岸边,小伟和托娅突然听到河面上有小孩的呼救声。

小伟往河面上一看,只见一个小男孩掉进冰窟窿里去了,旁边四五个小孩吓得不知所措,哭喊起来。

落水的小孩从冰窟窿里伸出两只手,拼命地挣扎。

情况万分危急,小伟急忙拿起滑雪板和雪杖,飞也似的冲上河面。他一边跑一边吩咐托娅把其余四五个孩子带到河岸上,以免再次发生危险。

小伟把滑雪板放在冰面上,他自己趴在上面匍匐前进,以减轻冰面的承受力。这时托娅也跑过来了,他大声制止说:"你不要过来,人多了容易踩塌冰面!"

小伟趴在冰面上,一点一点向前爬去,此时冰面被压得咔嚓咔嚓直响,随时都

十五、冰面上传来呼救声

有塌陷的危险。此时,小伟完全忘记了自身的安危,心里只有一个念头——救人要紧。

小伟慢慢接近冰窟窿,由于冰窟窿的边缘并没有冻结实,此时又塌下去一块,他急忙把滑雪杆伸过去,大声喊道:"抓住棍子,抓住棍子!"

小孩在水中挣扎着,好不容易抓住了滑雪杆,把脑袋抬出水面,吸了一口气。可是由于长时间在冰水中浸泡,小孩已没有了力气,当小伟用力往上拉时,小孩冻僵的小手脱手了,再次淹没在冰水中。

小伟不顾一切地又往前爬了一截儿,再次将滑雪杆伸进冰窟窿中,可是孩子体力已消耗殆尽,再也无法抓住滑雪杆。小伟向前探出身体,脸几乎贴到冰面上,终于抓住了小孩的一只手。

小伟使出浑身力气,奋力将小孩拉出水面。只见小孩嘴唇发紫,脸色刷白,不停地发抖。他急忙把孩子抱到滑雪板上,趴在冰面上向岸边推进。

到了岸边,小伟脱下外套,将孩子包起来,随后抱着他走进附近一家酒店。酒店的工作人员连忙给孩子脱下湿漉漉的衣服,找来一床棉被,将孩子包裹起来。

孩子得救了。

回头再看,小伟也浑身湿淋淋的,工作人员给他脱下外面的衣服,送到烘干室去烘干。

这时,小孩的父母赶来了。孩子母亲哭得泪人似的,看见孩子安然无恙,这才放下心来。

当孩子父母回过神来要感谢救命恩人时,小伟和乌兰托娅已悄然离去。

十六、床前孝心

有一天,小伟放学回家,一进门发现爸爸不在家,妈妈一个人在厨房里做饭。

他感到有点奇怪。小伟的爸爸和妈妈都在市里的著名企业蒙亮集团工作,他们是专门制作和销售民族用品的。平时只要单位一下班,爸爸和妈妈总是早早就回来了。今天却没有看到爸爸。

于是他问妈妈:"我爸去哪儿了?"

妈妈告诉他:"你爸在外面有点事,今天不回来了,咱们俩吃饭吧。"

但妈妈那不自然的表情没能逃过小伟的眼睛。小伟再三追问,妈妈只好如实说:"你爸生病住院了,他不让告诉你,怕你担心。"

"我爸得啥病了,早晨还好好的呢,怎么突然就住院了?"小伟急切地问。

妈妈说:"现在已到了旅游旺季,我们单位每天来的游客很多,这批刚走那批又来了,你爸每天忙着送货。今天上午我们去单位上班,不知怎的,他一下子就晕倒了,单位的人直接把他送到市医院去了。我刚从医院回来,你不用担心。赶快吃饭,别误了下午上学。一会儿我给你爸送饭去。"说着往饭盒里装菜装饭。

小伟一听就急了。因为他知道爸爸的身体一直是不错的,平时也没有什么毛病,就是有点头疼脑热,也从来不用去医院,吃点药,扛一扛就过去了。现在突然住院,肯定情况很严重。

他饭也吃不下去了,提上饭盒,一溜小跑地往市医院奔去。

十六、床前孝心

一进病房，看见爸爸正躺在病床上输液，脸色有点发黄。他拉着爸爸的手，轻轻地叫着。爸爸醒过来了，发现儿子站在跟前，两只眼睛都哭红了。

爸爸强打起精神，装作满不在乎的样子对他说："儿子，放心吧，大夫说我只是心脏不太好，有一根血管快堵塞了。上午已经做了检查，医生说可能是这几天加班有些累了。先输点液，过几天放个支架就好了。"

看着爸爸虚弱的样子，小伟的眼泪扑簌簌不住地往下掉。望着挂在床头的吊瓶，晶莹的液体顺着细细的管子滴入小小的气囊中，一滴、两滴、三滴……像透明的露珠，更像纯洁的眼泪，不紧不慢地通过小小的针头，注入爸爸的血管中。

小伟思绪万千，想起很多往事。

在他很小的时候，有一次发高烧，体温39度，爸爸和妈妈把他抱到医院里，他迷迷糊糊地躺在床上便昏睡过去。等他醒来的时候，已是第二天早上，发现爸爸和妈妈都守在他身旁，眼睛都熬红了，原来他们在自己身边整整守候了一夜。

那时的情景和现在一样，吊瓶中的液体像春天的雨露，滴进干涸的土地；吊瓶中的液体像亲人思念的泪珠，滴进他滚烫的脉管里，他感到浑身清爽，很快便康复出院，恢复了青春的活力。

还有一次，小伟出疹子，浑身没有一点力气。医生说小孩出疹子不能马上退烧，等疹子出齐了，毒性就散发出来了，病就好了。一连三天三夜，爸爸和妈妈一直陪在他身边，并用牛奶冲鸡蛋一口一口地喂他，直到大病痊愈。

每当想起这些往事，小伟就泪流满面，他觉得爸爸和妈妈是世界上最好的爸爸妈妈，他要用一颗孝心，用自己的实际行动，报答父母的养育之恩。

液体输完了，小伟帮爸爸垫高枕头，打开保温饭盒，用小勺给爸爸喂饭。

这时妈妈也赶到医院，说："我来侍候你爸，你去上学吧，别耽误了学习。"

小伟说："我已经给同学打电话了，让他帮我向老师请假，我要给爸爸陪床。"

因为小伟听人说过，心脏病是很危险的，需要调理和静养，不能过分劳累，否则情况会更加严重。

一连陪了三天床，爸爸的心脏支架手术顺利地完成了，病情得到了好转。小伟悬着的心才放了下来。

每天晚上,小伟总要打来一盆热水给爸爸洗脚。

爸爸说:"快别了,我现在已经好多了,我自己能洗,哪能让你天天给我洗脚,让人家笑话。"

小伟说:"笑话啥?这是我应该做的啊!用热水泡脚,可以促进血液循环,病会好得快一些。"

小伟一边洗,一边给爸爸妈妈讲古人孝敬老人的故事。

古时候有个人,非常孝敬父母,有一次他母亲病了,想吃鱼。可是大冬天的,到哪里去弄新鲜的活鱼呢?于是他跑到河面上,躺在冰上,想用体温将冰面融化,然后再抓鱼。他的行动感动了河神,冰一下子裂开一条大缝,从里面跳出两条鲤鱼,他高高兴兴地将鲤鱼拿回家炖好了给母亲吃。

妈妈笑着说:"这是古人编的神话故事,不一定是真的。"

小伟说:"还有一个故事,肯定是真的。这个人物历史上有记载,他叫陆绩,是三国时期的人。陆绩小时候随父亲去拜谒袁术,袁术用橘子招待他们。陆绩吃完橘子后,又往怀里藏了两个橘子。袁术看见了嘲笑他,说:"陆郎你怎么偷橘子呢?"陆绩说:"我妈妈爱吃橘子,我拿回去给妈妈吃。"袁术看他小小年纪就懂得孝敬母亲,非常感动,便主动多给了他一些橘子,让他拿回去孝敬母亲。

周围的邻居都夸小伟是个懂事的好孩子。他们对小伟爸爸说:"你真是好福气,你这个儿子有文化、有知识,又懂得心疼人、体贴人,真是个孝子啊!"

十七、母校之恋

蜿蜒的扎达盖河从呼和浩特旧城城区穿城而过,河道两旁是纵横交错的大街小巷。尤其在北门一带,更是繁华无比,这里是呼和浩特市最热闹的地段之一。沿着一条深深的小巷走进去,便到了我们要采访的地方——开来中学。

开来中学是杨小伟的母校,他在这里度过了五个难忘的春夏秋冬。从初一到高中二年级,小伟一直在这里读书学习,开来中学是他放飞理想的地方。

当年,教过小伟的老师和班主任,怀着崇敬而惋惜的心情,向我们讲述了杨小伟在学校里一幕幕动人的往事。

上初中时,杨小伟勤奋好学,每次期中、期末考试都在全班前五名以内。他不但成绩优秀,而且爱好文艺和体育,是班里的活跃分子,因此,被全班同学选举为文体委员。

这一年,"七一"快到了,杨小伟向班主任老师建议举办"纪念党的生日文艺晚会"。老师听了非常高兴,责成他组织这次活动。为了把晚会搞得有声有色,小伟动了不少脑筋。

他听说南茶坊一带有一位老八路,过去曾在大青山一带打游击、闹革命,是位德高望重的革命老人,人称云爷爷。小伟决定邀请云爷爷参加他们的文艺晚会,并请云爷爷来给同学们讲述革命斗争故事。

可是到哪里去找这位云爷爷呢?问了许多人都不知道云爷爷的具体地址。小伟走街串巷,费了不少周折,终于通过街道办事处和居民委员会打听到了云爷爷家的详细住址。

这天,小伟带领两名同学登门拜访。云爷爷正在院子里浇花,只见小小的院落里摆放着各种各样的花卉树木,郁郁葱葱,满院飘香。现在正是开花季节,各种花卉竞相开放,引来不少蜜蜂和蝴蝶,小小院落充满无限生机。

云爷爷虽然八十多岁了,但腰不弯、背不驼,精神矍铄,一看就是一个闲不住的人。

小伟向云爷爷说明来意后,只见云爷爷露出和蔼可亲的笑容,他毫不推辞地欣然接受了邀请。

"七一"这天,云爷爷准时来到学校。纪念党的生日晚会开始了。小伟主持晚会,他向老师和同学们介绍云爷爷,请云爷爷讲革命故事。会场响起了热烈的掌声。

望着台下活泼可爱的孩子们,云爷爷讲起了他亲身经历的一段往事。

解放前,呼市大南街上有一家"王记中药铺",这个药铺名义上是卖药,实际上是归绥地下党组织的交通联络站,负责给大青山革命根据地提供情报和转运军用物资。当时云爷爷在店里当伙计。

有一天,下着蒙蒙细雨,从外面走进一个人来。这人二十多岁,穿一件蓝色长袍,打着一把油纸伞。进门后,他便问道:"掌柜的,有当归、藏红花吗?"

我回答说:"有,用生姜和红枣做引子。"

他接着说道:"好,按方子,各抓三服。"

我一听便知是自己人,因为上述三句话是我们接头的暗号。我连忙把他迎进后边的隔间里。他对我说,大青山游击队急需一批药材,要我们马上准备,明天一同出发,送往后山。

这位八路军战士叫苏和。听了他的话,我非常激动。因为药品早就准备好了,藏在后院的菜窖里。这些日子,我就盼望上级赶快派人来取,以免夜长梦多。现在苏和来了,并要我一同护送药品进山,我怎么能不激动呢!

第二天,我俩化装成茶叶商人,从附近雇来一头毛驴。我们将药品放在驮子里,上面再放些茶叶,然后用帆布盖上,用绳子捆扎紧,便出发了。

出了北门,一路还算顺利,可是到了坝口子便遇到了麻烦。这里是敌人的封锁线,设有岗哨。只见两个伪军走上来,大声喝问:"干什么的?"

我连忙回答:"贩茶叶的,到后草地卖茶叶去。"说着我从衣兜里掏出两包茶叶递上去,笑着说,"这是新上市的好茶,请老总品尝品尝。"

这时一个当官模样的人走过来,皮笑肉不笑地说:"贩茶叶的?我不信,卸下来检查!"

我心中暗想,可不能让他们检查,一检查若露出马脚,麻烦可就大了。于是我故作镇静地说:"长官为党国一片忠心,恪尽职守,可敬可佩!不过天不早了,我们还要赶路,请长官上来闻一闻,这茶叶还能有错?"说着,我从衣兜里掏出三块现大洋塞进他的手里。他拿着大洋,脸上露出不易察觉的笑容,然后将一块大洋放在嘴上用力一吹,又放在耳朵上一听,发出嗡嗡的响声。

他边听边走,来到毛驴跟前,抬头用鼻子往驮子里闻了闻,一股浓郁的茶叶味道钻进他的鼻孔。

"真是茶叶,走吧!"

这时,我俩悬在嗓子眼上的心总算落到了肚里。我们急忙赶着毛驴向前走去。不一会儿,我们便进入了山区。我们赶着毛驴,沿着崎岖的山路向上攀爬。走到一个拐弯处,突然从山石后闪出几个蒙面大汉,为首的手里拿着一把盒子枪,其余的几个手持大刀。只听得为首的家伙大声喊道:"财神爷送上门来了。哪里来的?留下买路财,不然老子不客气了!"

坏了,我们遇到劫路的土匪了。解放前,大青山一带常有土匪出没。自古道"兵匪一家"这些土匪与当地军阀兵痞互相勾结,三五成群,常常打劫商贾客贩、过往行人,祸害百姓,无恶不做。老百姓恨透了他们。

我和苏和立即从腰间拔出盒子枪,"叭、叭、叭——"向土匪射击。出发时,为了防止敌人的盘查,我们将盒子枪塞进了装有药品的驴驮子里。过了封锁线后,我们将枪从驮子里取出来,以防不测。

听到枪响后,土匪们一愣神。土匪头子狞笑着喊道:"哈哈,今天遇到硬茬了,兄弟们,给我上!他们是大老板,我们要发大财了,到嘴边的肉不能不吃啊!"

情况危急,苏和对我说:"你赶上毛驴赶快往前走,我在后边掩护。"关键时刻,不容争执,我急忙赶着毛驴往山坡上快速爬去。

苏和隐蔽在一块大石头后边,等土匪一露头,一颗子弹便飞了出去,只见那家伙脑袋晃荡了一下,便栽倒在地。土匪头子一看自己的兄弟被打死了,顿时急了眼,穷凶极恶地扑了过去。

苏和且战且退,"叭、叭、叭"的枪声在他身后响起。我赶着毛驴爬上一个山坡后,将驴子拴在一棵小树上,赶紧过来增援苏和。这时我发现他的左臂受伤了,鲜血直流。我连发数枪,土匪才被压了下去。趁这个机会,我从袍子上撕下一条布条,给苏和包扎好伤口。

我对他说:"你受伤了,快赶着毛驴往上走,我来做掩护。"土匪在山坡下看见我给苏和包扎伤口,知道我们有人受伤了。不禁一阵窃喜!土匪头子高喊道:"他们受伤了。兄弟们给我冲啊!抓活的。"

我打发苏和牵着毛驴走后,便从石头后边跳出来。这时,一个歪戴帽子的土匪冲在最前边,我瞄准了他,一枪射去,那家伙应声而倒。

土匪头子一看失去两个弟兄,气急败坏地咆哮着向我冲来,我急忙扣动扳机。扳机响了,可是枪却没响,原来我的子弹打光了。

我急忙蹲在一个土坑里,举起一块大石头。看来,一场肉搏战是不可避免了。我心想,我就是用石头砸,也要和土匪拼到底。

就在这万分危急的关头,我身后突然响起了密集的枪声。原来,是我们的游击队员听到山里的枪声,知道我们遇到了情况,派三班战士前来接应的。

十七、母校之恋

　　八路军战士像猛虎下山一般冲向土匪,几个土匪哪里抵挡得住,不一会儿全部被歼灭。

　　药品完好无损地运到了目的地。

　同学们被云爷爷的故事深深地吸引住了,大家都沉浸在那个艰苦卓绝的岁月中。场内鸦雀无声,云爷爷的故事讲完了,大家才从历史中回到现实。宁静片刻后,场内响起热烈的掌声。

　杨小伟慷慨激昂地主持着晚会。

　　接下来,是小合唱《中国,中国,鲜红的太阳永不落》;女声独唱《党啊,亲爱的妈妈》,还有同学们自编自演的对口词《永远跟着共产党》。

　最后,小伟带领同学们一起表演集体诗歌朗诵《献给党的生日》:

今天是党的生日,

夏日的朝阳无限明丽。

抚摸着胸前的红领巾,

我们向党献上一份厚礼。

用我们手中的彩笔,

画一面鲜艳的五星红旗。

让不灭的星星火炬,

永远燃烧在我们心里。

……

　中学生活是愉快的。白天同学们在课堂上专心听讲,刻苦学习文化知识。课堂外,同学们聚在一起打篮球、踢足球,玩得十分开心。杨小伟是个性格外向、活泼好动的孩子,和同学们的关系十分融洽,他天生有一股凝聚力和亲和力。

　小伟在班里一直担任班干部,他对工作认真负责,敢于担当,有正义感。

　有一次,同学们自发地组织篮球比赛。小伟所在的八班和九班对阵,双方都派出了得力的球员参加。小伟担任八班球队的队长。

比赛开始了,双方球员龙腾虎跃,你争我抢,打得难解难分,分数交替上升。十分钟之后,九班球队凭借高个子3号,在篮下强攻,频频得手,连进三球,八班落后了。

情况对八班十分不利。这时小伟果断地叫了暂停。他们分析了比赛失利的原因,主要是防守不力,给对方留下了空当。

比赛继续进行,八班采用人盯人的战术,在防守中组织有效进攻。你别看杨小伟个头不高,在赛场上却极其灵活,眼明手快,运球自如,是组织后卫的最佳人选。在他的组织下,八班连连得分,上半场结束时,八班以领先一分的优势逆转劣势。

下半场开始后,小伟带领全队人马奋力拼抢,越战越勇,把比分逐渐拉开。九班队员一看自己落后了,心中不免有些急躁,大个子3号突然做出一个危险动作,将对方球员狠狠地绊倒在地,八班球员一看自己的主力被绊倒了,立刻急了眼。有个队员难以控制自己的情绪,冲上前去对准3号就是一拳。

球场上立刻出现了混乱局面,双方球员推推搡搡,出言不逊,充满了紧张的气氛。

这时,杨小伟表现得十分冷静。他走上前去,奋力拉开争执的队员,并主动向九班队员赔礼道歉。对那位打人的队员进行了严厉的批评,罚他下场,换上另一名替补队员。

杨小伟诚恳的态度也感动了对方。大个子3号主动承认了错误,他表示不该做危险动作出腿伤人。

一场球场风波终于平息下来,双方队员握手言和,比赛重新开始。

终场的铃声响了。60∶58,八班以两分的优势赢得了最后的胜利。

原本以为稳操胜券的九班球队,没想到在最后关头输掉了这场比赛,感到十分沮丧。尤其是大个子3号,更是恼火,他们班的球队是全校的佼佼者,从来没有输过球,没想到今天却输给了小个子杨小伟他们。

他低着头,走到场地边上,看着地上的篮球,飞起一脚,将篮球踢了出去以发泄心中的怨气。可没想到,他这一脚用力过猛,篮球竟飞向了场地边上的教学楼。只

十七、母校之恋

听"砰"的一声,二楼教室的窗户玻璃被砸了个粉碎。

他一下子愣住了,心想这下可糟了,闯祸了,老师非批评他不可。转念一想,管他呢,万一老师问起来,就装作不知道。

小伟看到这一情况后,心里很不是滋味。他想上前批评大个子,但又一想,大个子正在火头上,当面说他效果不会太好。小伟觉得篮球比赛是他发起的,出了这样的事,自己也有一定的责任。于是他主动找到班主任,声明窗户玻璃是他们打篮球时自己不小心打碎的,他向班主任承认了错误,并主动要求赔偿损失。

班主任听了他的话后很欣慰,不但没有批评他,反而安慰他说:"犯了错误敢于承认就是好孩子,以后注意就是了。"

事情过后,那个大个子得知是杨小伟主动为他承认了错误,感到很惭愧。他找到小伟,请求小伟原谅他。从此,俩人成了最要好的朋友。

杨小伟在班里担任生活委员期间,对工作认真负责,一丝不苟。每天早晨,他早早就起床了,锻炼完身体后,总是第一个来到教室。他说他是住校生,宿舍离教室近,理应早一些来。到教室后,他首先把黑板擦得干干净净,然后安排值日、检查卫生。

有一次轮到他们小组负责打扫卫生,他发现地扫得不很干净。他马上召开小组会,做了批评和自我批评。有个同学说,我们扫得够干净的了,有的小组还不如我们呢。

小伟对那位同学说:"我们应该向先进的小组看齐,不应该向落后的小组看齐。我们小组以前虽然受到过多次表扬,但决不能骄傲自满。对工作不能马马虎虎、敷衍了事。"说着拿起拖把,重新把地板擦了一遍,其他同学看到后,也纷纷上前,协同小伟把教室打扫得干干净净。

小伟是个热心肠的人,对有困难的同学他总是率先伸出友谊之手,给予热情无私的帮助。

有一次上体育课,火红的太阳挂在空中,天气非常炎热。队列里的一名同学突然晕倒在地。

体育老师马上停止了课程,招呼同学们进行急救。老师拨打了120急救电话,来了一辆救护车。小伟和另外两名同学把晕倒的学生送到附近医院。

　　经医生检查,这位同学需要马上住院治疗。住院需要押金。老师和同学们凑齐了钱,为那名同学办了住院手续。小伟身上有三百元钱,这是前几天妈妈给他的,让他买自行车用。现在情况紧急,小伟把三百元钱全部拿了出来。

　　输上液后,患者慢慢苏醒过来,脱离了生命危险。小伟主动要求在医院陪床。他用身上剩余的零钱给患者买了奶粉、水果等营养品。

　　第二天,这位同学感到自己好了许多,要求出院。

　　小伟说:"不行,医生说要住一个疗程,这样才能彻底治好,不然会留下后遗症的。你别想得太多,既来之,则安之,安心治疗吧。我们会想办法的。"

　　这位同学叫李佳。他不想住院的原因是怕多花钱。他家在武川县农村,父母是老实巴交的农民,家中没有别的收入。现在住院费用昂贵,到时候还不起人家,可怎么办呢?

　　小伟回到学校,将这一情况向老师和同学们做了汇报。他倡议,在班级内开展捐款活动,帮助李佳渡过难关。

　　他的倡议得到老师和同学们的赞同和支持。全年级的师生纷纷伸出援助之手,你五十,他一百,尽其所能。别的班级的师生闻讯后,也加入到捐款的行列中,一场感人的募捐活动在全校轰轰烈烈地开展起来,不到两天时间便募集到6000多元。

　　当杨小伟把这笔捐款送到李佳面前时,躺在病床上的李佳感动得热泪盈眶。他哽咽着说:"我真不该得病,你看,我的病给老师和同学们带来多少麻烦呀!"说着眼泪唰唰地流下来。

　　两个星期后,李佳康复出院了,他重新坐在明亮的教室里。

　　人们常常怀念校园生活,因为这是人生中最令人神往的成长阶段。天真无邪的少男少女们,集聚在同一个班里,一起学习,一起玩耍,打打闹闹,十分开心。但有时也会出现一些不愉快的事情。遇到这种情况,作为班干部的杨小伟,就像一把

十七、母校之恋

开心的钥匙,为同学排忧解难,化解矛盾。

有一天,一位女同学找到他,劈头盖脸地问道:"杨小伟,你是生活委员,这事你管不管呀?你要不管,我可就要告诉班主任了!"

杨小伟被这突如其来的问话弄得丈二和尚摸不着头脑。他说:"啥事呀?看你这风风火火的样子。"

那位女同学没好气地回答:"你别给我装糊涂了,你是真不知道,还是假装不知道?"

小伟说:"啥事呀,我真不知道,你快说呀!"

原来这位女同学叫胡丽英,前几天不知谁给她起了外号,叫她"狐狸精",这样一传十十传百,弄得班里人人都知道了,她能不生气吗?

听了她的诉说,小伟一开始也忍不住笑起来。但转念一想,这个事可真不是小事,伤人家的自尊心,是一种不文明不礼貌的行为。

小伟联想到,最近班里确实出现了一些不文明的现象,就是同学间互相起外号。比如有个同学个子高,但很瘦,有人就叫他"绿豆芽";还有个女同学,头发发黄,有人便叫她"黄毛"。凡此种种,不一而足。

据说这股歪风是从别的学校引进来的,到底从哪里传来的,也搞不清楚。反正起外号之风,在私下里蔓延着。有的男同学倒也不太在乎,叫得时间长了,他也就默认了。但女同学却受不了,女同学往往自尊心强,爱面子,你给她起个外号,她能高兴吗?

小伟心想,学校是个讲文明讲礼貌的地方,这样任其蔓延下去,会影响同学之间的团结,破坏班里的和谐气氛。他决心管一管、刹一刹这股不良风气。

小伟找到那位给人起外号的同学,问他:"你怎么能随便给人家胡丽英起外号呢?这样多不好。"

那个同学也自知不对,但不肯马上认错,调皮地说:"开个玩笑嘛,何必当真呢。"

"开玩笑也得有个分寸,你这玩笑也太过分了。"

在旁边的另外一个调皮学生打帮腔说:"开个玩笑有啥关系,你看人家《水浒传》里,每个人都有外号,什么花和尚鲁智深,黑旋风李逵,青面兽杨志,一丈青扈三娘,母夜叉……"

小伟生气地说:"行了,行了,你打住吧!这不是起外号的理由,这是旧社会的陈规陋习,我们绝不能效仿。给人起外号是不尊重别人的表现,它影响团结,破坏集体荣誉,给我们的班集体抹黑……"

杨小伟说得有点激动,但他转念一想,做人的思想工作不能简单粗暴,不能上纲上线,不然他们口服心不服,达不到教育人的目的。于是,他改变了口气,和风细雨、循循善诱。小伟的一席话,说得俩人哑口无言,慢慢低下了头,认识到自己的错误。

那位同学说:"我马上去找胡丽英同学,向她承认错误,赔礼道歉。以后再也不给同学起外号了!"

杨小伟满意地说:"这就对了!"

事后,那位同学找到胡丽英,诚恳而幽默地说:"胡丽英同学,杨小伟找我了,和我谈了话,我已彻底认识到自己的错误,今天特意向阁下赔礼道歉。我给您起了不雅的绰号,真是罪该万死,无地难容,请阁下原谅,以后再也不敢了……"说着连鞠了三躬。

他调皮的语调和滑稽的动作,顿时把胡丽英逗乐了:"你别跟我耍贫嘴了,今后多多向人家杨小伟学习,不要耍你的小聪明,搬起石头砸自己的脚。"

"是,是,在下遵命。"随后他又狡黠地说,"其实我叫你狐狸精也不完全是贬意。你看《聊斋》里的那些花妖鬼狐,一个个都是楚楚动人、心地善良的女子。"

"行了,行了!别再编派人了。以后你要痛改前非,重新做人!"

俩人你一句我一句,说得哈哈大笑起来。

一场起外号的风波被平息了。班里出现了祥和团结的气氛,其乐融融。

十八、红旗与朝霞共舞

列车在塞外原野上行驶着。透过车窗向外望去,辽阔的田野展现出丰收的景象。金色的玉米在秋风中摇曳,成片的向日葵垂下了籽粒饱满的花盘。果园里的苹果红了,在秋风中散发出阵阵甜蜜的果香……这是一个丰收在望的季节。

向远处望去,辽阔的草原上散落着珍珠般的牛羊,成群的骏马像流霞般在天边涌动,好一派牧野风光,令人心驰神往。

杨小伟坐在车窗前,全神贯注地注视着窗外的景致。列车飞奔向前,景色向后推移。他此刻的心情,就像滚动的车轮,兴奋地跳动着。

这是杨小伟有生以来第一次乘坐火车外出旅游。

十月一日,国庆节放长假,小伟和同学相约一同去北京——伟大祖国的首都,充满梦想、放飞理想的地方。他从小就有一个夙愿,将来有一天一定要到北京去看一看。现在他终于登上东去的列车,梦想即将实现。

从上车的那一刻起,杨小伟一直坐在窗口欣赏着田野上的风光。直到夜幕降临,他才拉上窗帘,从书包里拿出一本《中国旅游大全》认真地翻看起来。小伟是个细心的人,凡事都很认真。出发之前,他找来很多资料,利用乘车的机会提前预览一遍,以加深印象。

坐在旁边的一位老爷爷问他:"小伙子,是去北京旅游的吧?"小伟点头称是。小伟是个性格开朗的人,和什么年龄段的人都能聊在一起。看着老爷爷和蔼可亲的样子,于是爷儿俩便天南地北、海阔天空地聊起来。

老爷爷是一位退休干部,到过很多地方。他给小伟介绍了北京很多景点,讲了很多旅游知识以及注意事项。小伟认真地听着。

小伟对老爷爷说:"我们这次是自助游,不参加旅游团,这样可以节约费用。我们已经将线路安排好了,先去天安门,看升国旗,拜谒人民英雄纪念碑,参观毛主席纪念堂,瞻仰毛主席遗容,再去看鸟巢、水立方,然后游览天坛公园、颐和园。如果时间充足,我们还想到圆明园去看一看……"小伟滔滔不绝地讲述着。

老爷爷吃惊地说:"你对北京很熟悉嘛,看样子不是第一次到北京。"

小伟说:"这些我都是从电视和书本上看到的。您看,我这个线路安排得科学不科学?"

老爷爷说:"很好,很好!现在年轻人真是有见识。秀才不出门,便知天下事。"

爷儿俩聊得正起劲,这时车厢里传来广播声:"各位旅客,现在已进入夜间行车,请各位旅客回到自己的铺位,列车很快就要熄灯了,祝大家晚安。"

不知不觉已到睡觉的时间了。

这时,老爷爷站起来,整理中铺的被子。这时,小伟才发现老爷爷没有买到下铺。小伟马上说:"爷爷,您在下边睡吧,我到上边去。"小伟要将自己的下铺换给老爷爷。

老爷爷说:"不用了,中铺不算太高,我能上得去。"

小伟说啥也不行,非要将下铺让给老爷爷不可。他说:"我年纪轻轻的,腿脚麻利,上下方便,您就别客气了!"

老爷爷再三感谢。

第二天,天刚蒙蒙亮,老爷爷便起床了。小伟也睡不着了,他爬起来,拉开窗帘,只见车窗外层峦叠嶂,危崖耸立。绵延起伏的山峰上,映现出一条蜿蜒逶迤的万里长城,时隐时现,蔚为壮观。

对于长城,小伟并不陌生,他的家乡就在长城脚下。可是这里的长城更加巍峨壮观,更有看头,它像一条飞腾的巨龙,出没于云雾之中。

老爷爷告诉他:"列车已驶入八达岭山区了,再往前走就是八达岭的制高点——青龙桥了。到了那里列车要停几分钟,你可以好好看一看。"

小伟说:"我的家乡在清水河盆地青,我从小是看着长城长大的。但这里的长城似乎比我们家乡的长城更巍峨,更壮观。"

老爷爷说:"我们内蒙古的长城也很雄伟,而且年代久远。那里有春秋战国时代的赵长城,还有秦长城。但是保护得不好,遭到自然的浸蚀和人为的破坏。这一带都是明长城,保存得较为完好,有些地段经过了重新修筑,所以显得更加雄伟。"

望着山脊上高低起伏、曲折连绵的万里长城,小伟感叹不已。他为古代劳动人民的伟大创造力感到骄傲,感到自豪。

长城是世界八大奇迹之一。远在春秋战国时代,各诸侯国为防御筑起了高大的城墙。秦统一六国后,将各诸侯国的长城连接在一起,奠定了今天长城的规模。以后历代对长城继续修建使用。尤其到了明代,为了防止北方少数民族的进攻,加强防御,将过去的土筑城墙部分改为砖石结构,使长城更加坚固。

八达岭是北京城的屏障要塞,这里的长城高大宽阔,最高处达8米,最宽处有5米,上砌马道,士兵可以骑马巡逻。在城墙的险要和拐角处筑有堡垒式城台。城台分上下两层,上层为平台,便于瞭望和射击;下层为空屋城堡,可以驻兵和贮存武器粮草。

小伟一边观看一边用照相机不停地拍照,他要把这些美景记录下来,回去让同学们一起欣赏。

列车喘着粗气,吃力地向上爬行,终于到达了八达岭制高点——青龙桥。

老爷爷告诉小伟,青龙桥是八达岭的一个重要景点。这里有"人"字形铁路,有詹天佑铜像。

小伟在课本里学习过有关詹天佑的故事。他是我国杰出的铁路工程专家。早在清朝末年,他主持修建了我国第一条铁路——京张铁路。当时外国专家断言,险峻陡峭的八达岭是一道不可逾越的难关。面对这一艰巨工程,詹天佑凭借自己的智慧和勇气,因地制宜地设计出"人"字形线路。火车上山时,一个车头在前边拉,一个车头在后边推。当列车到达"人"字形顶端后,车头变车尾,车尾变车头,将列车顺利地牵引出深深的峡谷。

为了解决高山峻岭的坡度差,缩短施工线路,詹天佑采用"竖井施工法"开凿了全长1000多米的八达岭隧道。当时没有大型器械,更没有现代化的盾构机,开凿隧道全靠人工,一锤一锤地向前掘进,挖出的土石方全靠毛驴驮、牛车运,其施工难度可想而知。

在詹天佑的主持下,京张铁路提前两年竣工,开创了中国铁路史上的奇迹,在世界铁路史上亦被传为佳话。

詹天佑还发明了火车自动挂钩装置,被西方世界命名为"詹天佑钩",这一发明在世界上应用了将近100年,直到高铁出现后才被淘汰。

为了纪念他的功绩,1919年,国民政府在青龙桥火车站铸建了"詹天佑铜像"。

老爷爷告诉小伟,前几年列车没有提速时,火车到青龙桥站要停车15分钟,旅客们可以下车自由参观,瞻仰詹天佑铜像。现在火车提速了,在这里只停留3分钟,再不允许人们下车了。

小伟透过车窗向外望去,只见詹天佑铜像坐落在高大的方形台基上。先生穿一件风衣,正用炯炯有神的目光注视着南来北往的车辆。这座令人崇敬的铜像在风雨中伫立百年,依然熠熠生辉。

列车重新启动了。

小伟打来一暖瓶开水,帮助老爷爷泡好了方便面。旁边有一位老奶奶带着一个小孩子,行动不方便,小伟帮她干这干那,累得满头大汗。

列车到达北京站,小伟帮助老爷爷、老奶奶搬下行李,然后和他们挥手告别。

第二天,天还没亮,小伟就起床了,他和同学们匆匆赶往天安门广场,去看升旗仪式。

广场上已聚集了很多人。他们都是天南地北的游客,来自五湖四海,操着不同的口音,说着不同的方言。他们和小伟一样都是来看升国旗的。在人群中有不少来自少数民族地区的游客,他们身穿鲜艳的民族服装,十分显眼。从服饰上看,有新疆的、西藏的、云南的、内蒙古的……

长安街上华灯还没有熄灭,美丽的彩灯勾勒出天安门城楼的轮廓,显得那么壮丽辉煌。街上的车流渐渐密集起来,新的一天开始了。

小伟正在欣赏眼前的美景。这时,一对藏族夫妇领着一个小孩向他走过来,请求小伟帮他们在天安门前照一张合影。

藏族叔叔把相机递给小伟,小伟非常高兴,让他们三人摆好姿势。藏族阿姨叮嘱小伟一定要把天安门照上,而且要照全了。小伟说:"你放心,我一定给你们照好。"

小伟对准了焦距,调整好画面,嘴里喊着:"注意了,笑一笑,眼睛往我这里看,茄子!"咔嚓一声快门响了,瞬间美景被摄入镜头。

这时小伟的同学乌兰托娅在旁边抿着嘴笑。

藏族阿姨对小伟说:"再来一张,别照坏了。"小伟说:"好嘞!"一连又照了几张。

乌兰托娅一直站在小伟身旁,藏族叔叔以为他俩是一对恋人,端起相机说:"来来来,我给你们俩也拍一张。机会难得,千万别错过。"

小伟知道他误会了,急忙解释说:"她是我的同学,我们相约一起到北京来玩的。"

藏族叔叔说:"原来是同学啊。同学也好,同学也可以合影嘛,年轻人咋还这么封建呢?"

藏族叔叔这么一说,小伟反而感到有些不好意思了。他将话锋一转说:"来来来,我们五个人一起合个影"。

藏族叔叔阿姨看乌兰托娅身穿一身绿色的蒙古袍,知道她是蒙古族姑娘,无形之中更增加了几分亲切感。藏族叔叔说:"好的,自古蒙藏是一家。"

小伟说:"我是汉族,难道就不是一家了吗?"藏族叔叔连忙补充说,"我刚才说得不完整,自古汉蒙藏是一家,五十六个民族都是一家。"

听他们开心地交谈着,旁边两位维吾尔族姑娘也加入到他们的行列中来了。大家聚在一起,背靠天安门合影。叔叔阿姨高兴地说:"我们这个民族大家庭越来越兴旺了。"

小伟不论到了哪里,都是个惹人喜欢的开心果。不一会儿,他便和藏族叔叔一家三口成了好朋友,他们仿佛是多年以前就认识的老相识。

通过交谈,小伟得知藏族叔叔一家三口是来北京"还愿的"。

原来这对藏族夫妇三十多岁才有了个宝贝儿子,夫妇俩视为掌上明珠。可是孩子一岁时得了一场大病,双目失明。夫妇俩简直急疯了,到处求治,甚至烧香拜佛,病急乱投医,用尽了一切办法,仍不见好转。

后来,解放军驻藏部队野战医院的医生治好了孩子的病,使失明的双眼重获光明。夫妻俩给孩子起了个吉祥幸福的名字——丹增嘉措。

夫妻俩当初有个愿望,如果有人给孩子治好了病,他们就要为恩人烧高香,念《金刚经》,以感谢恩人的恩德。可是解放军不兴这一套。解放军医院的领导说:"解放军是人民的军队,为藏族同胞治病是我们义不容辞的职责。"

夫妻俩无可奈何,但这个"愿"是一定要还的。夫妻俩商量来商量去,决定带小丹增到北京来,向毛主席谢恩,向共产党谢恩,以了却他们的心愿——这是藏族同胞最朴素的感恩方式。

听了藏族叔叔的讲述,小伟非常感动。他走过去,拉着小丹增说:"小弟弟,你真是个幸运的孩子。我们为你祝福!今天看了升国旗,你的眼睛会更加明亮!"

这时天已经大亮,火红的朝霞染红了东方的天空。只见解放军仪仗队战士从天安门的门洞里走出来,他们迈着整齐铿锵的步伐,走过金水桥,越过长安街,护卫着鲜红的五星红旗,向广场走来。

聚集在广场上的人群顿时欢呼起来,小丹增高兴地拍起了小手,嘴里高喊着:"金珠玛咪,金珠玛咪……"藏族叔叔和阿姨轻轻地唱了起来:"北京的金山上光芒照四方……"

小伟将小丹增举在头顶上,站在人群中。只见国旗班的战士正步走上升旗台,一个战士做了一个漂亮的甩旗动作,一面鲜艳的五星红旗便在国歌的伴奏声中冉冉升起。

看着威武雄壮的解放军战士,杨小伟真是羡慕极了。他心里在想,等我年满十八岁时,我也要参军,我要扛起枪杆,保卫伟大的祖国。

太阳出来了,大地沐浴在和煦的阳光之中。小伟和藏族叔叔一家人握手告别。

十八、红旗与朝霞共舞

阿姨恋恋不舍地说:"小伟、托娅,回到内蒙古后给我们经常发短信啊。我们住在拉萨,远隔千山万水,希望能经常得到你们的消息。"

这热情诚恳的话语,说得托娅禁不住眼睛潮湿了。

小伟和托娅来到人民英雄纪念碑前。

心灵手巧的托娅从挂包里掏出两朵小白花,这是她出发前亲手制作的,她和小伟将小白花虔诚地挂在纪念碑前的松树上。小伟夸奖她说:"你想得真周到。还有吗?到了毛主席纪念堂,我们也要献花。"

托娅说:"还有两朵,我一共剪了四朵。"

小伟抬头仰望,高大雄伟、庄严肃穆的人民英雄纪念碑耸立在广场南端,与天安门遥遥相对。纪念碑上面镌刻着毛主席题写的"人民英雄永垂不朽"八个鎏金大字,神采飞扬,笔锋隽逸。

纪念碑的另一面是周恩来总理手书的碑文:"三年以来,在人民解放战争和人民革命中牺牲的人民英雄们永垂不朽!三十年以来,在人民解放战争和人民革命中牺牲的人民英雄们永垂不朽!由此上溯到一千八百四十年,从那时起,为了反对内外敌人,争取民族独立和人民自由幸福,在历次斗争中牺牲的人民英雄们永垂不朽!"

小伟默默地诵读着。他此时此刻心潮涌动,感慨万千,心想:自1840年以来,灾难深重的中国人民饱受外患内乱。多少仁人志士、革命先烈为了中国人民的解放,前仆后继,勇于牺牲,才换来今天安定幸福的生活。作为一个新时代的青年,我要向人民英雄学习,在祖国需要的时候,毫不犹豫地冲上前去,献出自己的一切,乃至生命。

小伟和托娅围着纪念碑仔细观看。四周镶嵌着8块巨型汉白玉浮雕,分别以"虎门禁烟"、"金田起义"、"武昌起义"、"五四运动"、"五卅运动"、"南昌起义"、"抗日战争"、"胜利渡江"为主题,生动地表现出了我国100多年来人民革命的伟大史实。

我们今天的幸福生活,是无数革命先烈用生命和热血换来的。所以建国后第一件大事就是建立人民英雄纪念碑。小伟从有关资料中知道,1949年9月30日,也就是开国大典前夕,在第一届中国人民政协会议上确定建立人民英雄纪念碑。当天下午,毛主席亲自执锹破土,为纪念碑奠基。整个纪念碑高达40米,场地东西宽50米,南北长60余米。整个纪念碑用1.7万块花岗岩和汉白玉砌成。它高高耸立在天安门广场上,耸立在中国人民的心目中。

上午10时,毛主席纪念堂前已排起了长长的队伍。在参观的队伍中有工人、农民、干部、士兵和学生,其中有不少是少数民族。小伟和托娅随着参观队伍缓缓向前移动。

纪念堂坐落在枣红色花岗岩砌成的高大基座上,周围有44根花岗岩石廊柱,重檐屋顶上覆盖着金色的琉璃瓦。纪念堂大门的正上方镶嵌着"毛主席纪念堂"汉白玉金字匾。这是一座具有民族风格的正方形宏伟建筑。

进入纪念堂之前,小伟和托娅将事先准备好的小白花系在一棵松树上。

纪念堂由北大厅、瞻仰厅、南大厅组成。大厅中央是3米多高的用汉白玉雕成的毛主席坐像,坐像背后的墙壁上悬挂着一幅描绘祖国大好河山的巨幅绒绣。

瞻仰厅是纪念堂的核心部分。白色大理石墙壁上镶嵌着"伟大领袖和导师毛泽东主席永垂不朽"金光灿灿的大字。透明的水晶棺安放在百花丛中,毛主席遗体上覆盖着中国共产党党旗。

小伟屏住呼吸,迈着轻轻的脚步,以极其虔诚的心情瞻仰着一代伟人。毛主席他老人家仿佛刚刚离去。

南大厅的墙壁上镌刻着毛主席的亲笔手迹《满江红》。纪念堂南北两侧各有两组栩栩如生的大型群雕,记载着半个多世纪里毛主席领导中国人民前仆后继从胜利走向胜利的丰功伟绩,体现了全国各族人民继承毛主席遗志为把我国建设成社会主义现代化强国而奋斗的坚定信念。

从纪念堂出来,小伟和托娅直奔天安门而去。当他们登上天安门城楼后,放眼望去,整个北京城尽收眼底。向南望去,前面是大前门、箭楼、永定门;向北望去,后面是午门、故宫、神武门、地安门……

托娅第一次听说"地安门",她不解地问小伟:"怎么还有地安门呀?以前我没听说过。"小伟说:"当然有呀,有天安门,就有地安门。北京城的古代建筑都是对

十八、红旗与朝霞共舞

称的,沿着天安门这条中轴线,有序地排列开来。比如,南边有天坛,北边就有地坛;东边有日坛,西边就有月坛。还有什么东直门、西直门、东单、西单、东四、西四、东便门、西便门等等,都是对称的,这就是中国古代建筑的巧妙之处。"

小伟滔滔不绝地讲述历史知识,让托娅感到惊讶:"你也是第一次来北京,咋知道得这么多呀?"小伟说:"我都是从书上看的。我出来时,买了一本《中国旅游大全》,上面啥都有,有专门介绍北京城的章节,我都仔细看了。"

托娅低头向金水桥望去,金水桥前左右各有华表一座,上边雕刻着一只小动物,好像是只羊,但只有一只角。托娅指着华表对小伟说:"你看那华表上蹲着的是啥动物呀?"小伟说:"那是独角兽,学名叫獬豸,是古代传说中的神兽,能辨别忠奸,主持正义。"

小伟站在天安门城楼上,感到无比自豪。当年毛主席站在这里,向世界宣告:"中华人民共和国中央人民政府成立了!"这惊雷般的声音传遍了世界每一个角落。

十九、寄情山水间

根据行程安排,今天小伟和同学们去颐和园游览。

小伟第一次看到如此秀美的景色。昆明湖上波光粼粼,知春亭畔垂柳依依,远处的十七孔桥宛若长虹,岸边的万寿山绿树成荫。湖光山色,亭台楼阁,令人目不暇接。

小伟和托娅沿着长廊向前走去。

长廊是颐和园中的重要建筑,它东起邀月门,西至石丈亭,全长将近一公里,像一条彩色的玉带将远山近水和各个景点连接起来。长廊的枋梁上绘有精美的江南风景、山水、花鸟及古典小说中的人物故事,有《三国演义》《水浒传》《西游记》《红楼梦》中的人物情节,好像一幅幅连环画,十分动人。因为时间关系,小伟来不及细看,只能走马观花地浏览一遍。

小伟和托娅一口气爬上万寿山的顶峰——智慧海。这是一座无梁佛殿,它的奇特之处是,整个大殿没有一根立柱或横梁,由纵横交错的拱券结构建成,体现了古代能工巧匠的高超技术和智慧。

智慧海通体用五彩琉璃砖瓦装饰,色彩绚丽,图案精美。镶嵌在墙壁上的千余尊琉璃佛像,栩栩如生,精美绝伦。殿内供奉一座高大端庄的观音坐像,是清代乾隆年间所造。殿前有一座琉璃牌坊,前后石额上雕刻有"众香界""祇树林""智慧海""吉祥云"等字样,连接起来念,就构成了佛家的一首三字偈语。

十九、寄情山水间

从智慧海下来,小伟和托娅沿着昆明湖缓步而行。只见湖面上荷花朵朵,香风习习,硕大的荷叶飘浮在水面上,蜻蜓和蝴蝶在花丛间翩翩起舞。托娅情不自禁地朗诵起诗来:"小荷才露尖尖角,早有蜻蜓立上头。"

清澈透明的湖水一眼望到底,一群鲤鱼游过来了,有红色的、白色的、黄色的。望着眼前的美景,小伟触景生情,也轻轻地朗诵起来:"莫道昆明池水浅,观鱼胜过富春江。"

在昆明湖东岸边,小伟找到了耶律楚材墓。他对托娅说,这个地方必须看一看。耶律楚材是我国古代少数民族中的伟大军事家、政治家、诗人。他是成吉思汗、窝阔台汗时期的重要谋臣,跟随成吉思汗东征西伐,建立过不少功勋。为了褒奖他的功绩,元朝为他修建墓祠,这成为京西一带著名的古迹。元朝以来常有文人墨客前来凭吊题咏,留下不少诗篇。后来在漫长的历史岁月中,祠墓被山土覆盖。清乾隆年间在建造清漪园时,在原地重新恢复祠墓,并立碑纪念。现在我们看到的祠墓规模,是光绪年间重新修葺的,一如旧制。

小伟和托娅仔细地观看祠墓内的说明,对这位古代少数民族传奇人物有了更多的了解。

从颐和园出来,小伟感到饿了,饥肠辘辘。是呀,他们从早晨出来,一直忙着看风景,什么东西也没吃。托娅也累得快走不动了。

他们拐进一条小胡同,找到一家小餐馆,里面有炸酱面、京味卤煮豆腐、醋溜白菜等,价格都很便宜。小伟要了两碗炸酱面,对托娅说:"这炸酱面是北京特产,可好吃了。"托娅说她也爱吃炸酱面。

小伟饥不择食,狼吞虎咽地吃起来,三下五除二,一碗面条便吃了个精光。托娅看他根本没有吃饱,又要了一碗卤煮豆腐、两个烧饼。人饿了吃什么都香,不一会儿全被消灭掉了。

他们在餐馆休息片刻后,便乘坐地铁直奔圆明园。

根据小伟的安排,圆明园是必去之地,因为在这片废墟上,记录着中华民族深重的灾难和耻辱。

站在圆明园西洋楼的遗址上,眼前是几根伤痕累累的石柱。秋风瑟瑟,夕阳残照,突兀孤立的石柱像劫后余生的老人,向游人讲述着曾经辉煌而又悲怆的历史。

圆明园原为清朝的一座大型皇家御苑。从康熙开始,经历代皇帝的修建,成为一座举世瞩目的皇家林园,周长10余公里,占地5000多亩。园内建有楼台殿阁、亭榭轩馆140余处,并挖湖造山,遍种奇花异草、珍树秀木,并从全国各地搜罗名贵山石于此。移山缩地,引水造湖,在园内建成100多个景点。

皇帝和后妃们在故宫住腻了,便到这里来游山玩水,度假休闲。为了办公上朝方便,园内修建了正大光明殿,还有宴会用的九州清宴宫、祭祀用的安佑宫、藏书用的文源阁。这些建筑雕梁画栋,金碧辉煌,豪华宏伟,无比气派。

漫步圆明园,仿佛置身于江南水乡。这里有仿西湖景点"断桥残雪","柳浪闻莺"、"平湖秋月"、"花港观鱼"、"三潭印月";有仿桃花源的"武陵春色";有仿苏州的四大名园等。园内还收藏有极为珍贵的图书字画、玉器古玩、文物珍宝,堪称文化艺术宝库,被西方誉为"万园之园"。

然而,这样一座瑰丽无比的花园,却被两个西方强盗洗劫一空,并付之一炬。这两个强盗一个叫法兰西,一个叫英吉利。

1860年10月一个血红色的下午,法国军队首先闯入圆明园,大肆抢掠。第二天,英国军队接踵而来,劫掠清漪园等处。英法联军在圆明园里纵火抢掠,把抢掠来的文物珍宝大批运回他们国家,运不走的就在天津街上进行拍卖。包括顾恺之的《女史箴图》和十二生肖水法兽首等一批珍品从此流失海外。

为了销赃灭迹,英法联军司令下令焚毁圆明园。大火烧了整整四天四夜,那些高大瑰丽的建筑在火海中顷刻间化为灰烬。

望着眼前这破败落寞的景象,小伟思绪万千,心中有一种无以名状的感觉。是耻辱?是愤怒?是仇恨?灾难深重的祖国啊,有过昔日的辉煌,也有屈辱的历史。他渴望祖国尽快富裕强大起来,让中华民族屹立于世界之林,挺起铁的脊梁。

这时,从他身旁走过一群金发碧眼的青年男女,从外表看他们是西欧人,小伟下意识地从心头掠过一丝不愉快的感觉。就是这些老外的老祖宗烧了我们的圆明园。可是转念一想,感到自己这样联想是不恰当的。历史上的陈年老账不该记在这些年轻人的身上。

十九、寄情山水间

从他们互相间的交谈中,小伟得知这些欧洲青年是北京大学的留学生,他们利用节假日前来参观游览。他们一边走一边认真地听着中国导游的讲解,仔细地观看遗址上的遗迹,表情严肃而凝重,有的学生还做着笔记。他们对苦难的中国怀有极大的同情心,对英法联军的罪恶行径表示了无比的愤慨和谴责。

热爱和平是当前世界的主流;和平发展,全世界人民团结友好,互相尊重,是当代青年人的共识。小伟对这群金发碧眼的外国留学生产生了好感。

参观完西洋楼遗址,这群外国留学生在石柱前合影。他们看见小伟和托娅站在旁边,热情地用不太流利的汉语招呼说:"来来来,中国小弟弟小妹妹和我们一起合影吧。"

小伟和托娅愉快地接受了他们的邀请,加入到他们的行列中来。一群青年男女发出欢乐的笑声。

和外国留学生告别后,小伟和托娅又到别的地方看了看。这时,小伟突然想起一个流传甚广的笑话来。说某学校上课时,一个学生不专心听讲,老师把他叫起来,问他:"圆明园是谁烧的?"这个同学慌慌张张地回答说:"不是我烧的。"惹得全班同学哄堂大笑。这个学生回家后,将此事告诉了他爸爸。他爸是个有钱的土豪,对他说:"儿子,别怕,真是你烧的又能咋样,老爸赔他一个。"

这个笑话辛辣地讽刺了一些人的愚昧无知和狂妄傲慢。小伟是个善于思考的孩子,他想,这个笑话除了讽刺愚昧和狂妄外,还说明另外一个问题:那就是我们的教育不到位。对于这样一个简单的历史知识,一家两代人都不知道,这说明我们的教育不够普及。

小伟真想向人们建议,有条件的学校,不妨把学生带到这里来进行实地教育,既能提高学生的学习兴趣,又能加深印象,用生动活泼的形式使学生接受一场爱国主义思想教育。

小伟正在胡思乱想,突然听到托娅在远处喊道:"杨小伟,快过来看呀,这里风景可好啦。"

小伟走过去一看,这里是"观水法",是圆明园中的重要景点,是当年清朝皇帝和后妃们观看喷泉的地方。"观水法"和"西洋楼"是一组西欧式建筑。古代工匠们创造性地移植了西方园林艺术,巧妙地将中国砖雕、琉璃饰件和叠石技术与西洋建筑艺术结合在一起,集古今中外之大成。

当年,这里的十二生肖兽首喷泉喷珠吐玉,高大的水柱从兽首的嘴里喷出来,足有20多米高,在阳光的照射下,犹如一道道绚丽的彩虹。喷泉落入中央的水池中,荡起层层碧波。

"观水法"虽然被破坏了,但从这些残存的遗迹上看,依然十分炫目,可以想见当时的景象是何等恢宏壮观。

此时夕阳西下,绚丽的晚霞映红了远山近水。

回到旅馆后,小伟已累得筋疲力尽,很快便进入梦乡。

第二天起床后,小伟与同学们商量一块去前门大街买些东西。小伟对托娅说:"我来北京时,我们村里的小妹毛毛给我打来电话,要我到北京同仁堂药店给老舅爷捎些麝香壮骨膏、同仁活络丸,说老舅爷的腰腿病又犯了。"

小伟知道,一到秋天,天气转凉,老舅爷的腰便疼得直不起来,是多年的老毛病了。同时,小伟还想给爷爷奶奶、爸爸妈妈买些东西,以尽孝心。

前门大街是北京最繁华的商业区之一。比起别的地方来,这里的街道显得很狭窄,但街道两旁店铺、商号鳞次栉比,全是古色古香的老式建筑,步行街上游人如织,络绎不绝。

小伟找到了同仁堂药店,这是一座具有300多年历史的中华老字号,位于大栅栏内。走进店内,一股芬芳扑鼻的中草药味弥漫在空气中。这里药品齐全,选料精良,炮制讲究,而且价格公平。小伟从怀里掏出一张单子来,上面写着所需药品的名称,因为有些药品小伟怕记不全,他只好详细地记在单子上,以免买错了。

他将单子交给店内服务员,不一会儿便拎了一大包药出来,里面有麝香壮骨膏、同仁活络丸、麻仁润肠丸,复方丹参丸等等。

漫步于大栅栏的街道上,使人体会到老北京城的味道。这里百年老店随处可见。什么"六必居""瑞蚨祥""内联升鞋店""长春堂""月盛斋"……这些店铺红窗灰瓦、错落有致。尤其是店铺门上方的牌匾,更是令人领略到一种浓郁古老的传统文化。牌匾上的字体遒劲有力、神采飞扬。据说,这些牌匾都是有来历的,有的是皇帝御笔，有的是达官显贵和古代书法家的墨宝。每一块牌匾都蕴含着曲折动听的故事。

托娅一边走一边问小伟："这条街为什么叫大栅栏呢？名字怪怪的。"对于这个问题，就是老北京人也不一定能回答上来。不过小伟曾经在一本北京旅游杂志上看到过。说在明朝年间，这里便形成了商业中心，有珠宝店、古玩店、玉器店、金银首饰店、布匹店、中药店、典当行业、钱庄等等。商家为了防止盗贼，修筑了很多木栅栏，时间长了，老百姓便把这条街称作"大栅栏"。

说着他们来到了"瑞蚨祥"。进去一看是卖布匹和绸缎的，小伟对此不太感兴趣，可是托娅却兴致勃勃地逛起来了。里面有各式各样各种花色的面料，托娅挑选了两块丝绸面料，一块是紫红色的，一块是藕荷色的。她说她要给妈妈和自己各做一件蒙古礼袍，逢年过节时穿。

从"瑞蚨祥"出来，小伟看见不远处有一家"内联升布鞋店"，这也是一家百年老字号，里面设有老北京布鞋专柜。这种布鞋物美价廉，深受中老年人的喜爱。小伟想起自己的爷爷平时就爱穿布鞋，可是这些年卖布鞋的地方越来越少，就是有，也都是塑料底的，透气性不好。爷爷有脚气，前几年小伟给他买了一双皮鞋，爷爷嫌硌脚，说："我成天下地干活，穿这样好的皮鞋多不方便啊！沾上泥还得擦，我可没那么多闲工夫。"这双皮鞋一直被压在板柜里。后来爷爷也穿过一两回，小伟记得，那年赶庙会时穿过一次，再后来就是到城里走亲戚时穿过一次。

现在爷爷老了，走起路来也不稳当了。小伟要给爷爷选一双既柔软又舒适的老北京布鞋，让爷爷高兴高兴。

逛了大半天街，托娅也饿了，她对小伟说："今天咱们改善改善伙食吧，这几天炸酱面、方便面都吃腻了。今天我请你，吃点好的。"

小伟说："看把你馋的，好像三个月没闻肉味似的。"

说着他们走进一家餐馆。托娅让小伟点菜，小伟看了看菜单，点了一个鱼香肉丝，一个烧茄子，两碗米饭。托娅说："你净点便宜的，说了改善改善，你咋这么抠呢？"

小伟说："点多了吃不完，浪费了可不好。"托娅说："都饿得前脊梁贴后脊梁了,还吃不完?"说着托娅又点了一个糖醋里脊、香芹炒百合。

年轻人饭量大,再说也饿了,狼吞虎咽,不一会儿便把四盘菜吃了个精光。吃完了,托娅起身去结账。服务员告诉她:"刚才那位小伙子已结完账了。"

托娅回到桌前说:"杨小伟,你耍滑头,我说了我买单,你咋又悄悄结了账?真不像话!"

小伟说:"谁结不一样?反正不能白吃人家的。"

托娅问他总共花了多少钱。小伟说:"你别管花了多少钱,吃饱为原则。"

托娅无可奈何地笑起来。

从餐馆出来,天色已晚,街上的游人渐渐少起来,购物者提着大包小包匆匆往家里赶。

小伟和托娅提着东西往地铁站走去。在地铁站口,小伟看见一个小伙子在路灯下擦皮鞋。小伙子是个残疾人,擦鞋摊旁边放着一双木拐杖。虽然天色不早了,可他丝毫没有要回家的样子,依然坐在那里,耐心地等待着生意。

小伟路过他身旁时,看了一眼,发现小伙子挺可怜的。小伙子问他:"擦皮鞋吗?"小伟说:"不擦,我买两袋黑色鞋油。"

这时托娅已背着背包走进了地铁口,回头一看小伟不见了,再往远处看发现小伟正在和擦皮鞋的小伙子聊天呢。她走过去说:"你又没穿皮鞋,买鞋油干啥?"小伟说:"买两袋吧,反正以后也要用。"

托娅明白了,小伟这样做是想帮助残疾小伙子。因为她深知小伟的脾气,别看他平时对自己要求刻苛,处处节俭,从不乱花一分钱,可是对待处境困难的人,他总是那么慷慨大方地出手相助,毫不吝啬。

作为同学,托娅多次看到小伟帮助穷人的情景。有一次放学回家,小伟看见路边有个衣衫褴褛的中年妇女,带着一个四五岁的小孩,在路边乞讨。小伟走过去将身上仅有的十元钱放在乞讨人的空碗里。

有一年冬天,天气很冷,天上刮着凛冽的寒风,一个小青年跪在马路边上,地上铺着一张写满文字的告示,上边写着,因父母双亡,自己交不起学费辍学了,希望好心的人们帮助他渡过难关,他将永世不忘云云。小伟看着地上的告示,不等看完便从衣兜里掏出五十块钱塞进小青年的手里。小青年感动得连连磕头,小伟不忍再看,扭头便走了。

对于街上各种各样的行乞者,有人曾议论着说,这些人不一定真的贫穷,他们是借用这些形式敛财的,他们装出可怜的样子来骗取人们的同情心。

可小伟却不完全赞成这种观点。他认为,骗人的行乞者如果有,但那毕竟是极少数。大多数行乞者应该是值得同情的弱势群体。要不他们为什么会冒着寒风,顶着酷暑,以个人尊严为代价,低三下四地向路人要钱呢?若不是因为万般无奈,谁会做出这样的选择?

小伟就是这样一个心地善良、富有同情心、充满悲悯情怀的孩子。

小伟曾讲过"一分钱逼倒英雄汉"的故事,这是老舅爷给他讲的。人在最困难的时候,你给他一些帮助,哪怕是极其微小的帮助,都会使他感受到人间的温暖,给他以活下去的勇气。"'有话给知心人说,有饭给饥饿的人吃',这叫雪中送炭。说不定你这小小的施舍,会改变他一生的命运。"

托娅回忆着小伟助人为乐的往事,心中充满无限的敬意。她从兜里掏出十元钱,递给擦鞋的小伙子,说:"我也买两袋红色的鞋油。"

二十、在打工的日子里

今年是个暖冬,眼看进入二九了,天气依然暖洋洋的。寒假来临了。今年寒假四十五天,杨小伟有个新打算,他要利用这段时间去打工挣钱。

对于打工,小伟思谋了很久,他认为自己长大了,应该为家庭做出些贡献,以减轻父母的负担。另一方面,也是最重要的一点,小伟觉得对于一个中学生来说,应该参加一些社会实践活动,以开阔自己的眼界,积累些社会经验,培养自己独立生存的能力,磨炼意志。

小伟决心已定,但摆在他面前的是重重困难,首先父母这一关就难以通过。小伟是独生子女,父母膝下就他这么一个宝贝儿子,视若掌上明珠,百般呵护,宠爱有加。他若提出去打工,父母亲肯定是不会同意的。

小伟思来想去,决定先从父亲身上打开突破口,征得父亲的同意后再做母亲的工作。

这天,小伟看见父亲情绪不错,便试探着说出自己要外出打工的想法。不出小伟所料,父亲听了他的话,立马说:"不行!"

小伟也不退让,说:"为啥不行呢?"

父亲说:"你年纪还小,你现在的任务是好好学习,寒假里认真完成老师布置的作业,将来考个好大学。别净想这些歪门邪道的事!"

听爸爸这么一说,小伟反倒抓住理了,反驳道:"这打工挣钱,光明正大,怎么是歪门邪道的事呢?想当年,你十七八岁时,走出农村,到呼市来打工,难道是干歪门邪道的事吗?"

爸爸被问得一时语塞,想了想说:"我那时出来打工,是因为咱们家穷。现在不需要你去打工挣钱,我和你妈都有工资,能养活得起你,用不着你去受那份苦。"

从爸爸的这些话里,小伟感到他是退让了,于是用缓和的口气说:"我出去打工,也不完全是为了挣钱。我主要是想到社会上去锻炼自己,在社会上可以学到书本上学不到的知识。人活在世上就应该吃些苦,苦中有乐,苦中有甜。你不是常说吗,在艰苦环境中长大的孩子才有出息。"

爸爸说:"你现在上高中了,有了知识,我说不过你。但是,我同意了,你妈不一定会同意。"

小伟说:"你同意了就好办了,我们俩一起说服妈妈。妈妈是个心胸开阔的人,只要我们讲通了道理,她不会不同意的。"

下午,小伟将打工的事告诉了妈妈,一开始妈妈也极力反对,说:"到外面去给人家干活儿,又脏又累,你没有必要去受这份罪。你要缺钱,妈妈会给你的。"

小伟将上午给爸爸讲的道理又重新叙述了一遍,并补充说:"小鸟长出了翅膀,就要去飞翔,如果老是呆在窝里,等待鸟妈妈喂食,它就永远飞不上蓝天。"

妈妈说:"听说寒假作业很多,你去打工,作业怎么完成?"

小伟说:"我白天打工,晚上写作业,耽误不了。"

"那你去打工,能干什么活呢?"

"我早就联系好了,有一家咖啡厅招聘我,一月2000元的工资,老板说如果干得好的话,每月还会有提成和奖金。"

妈妈说:"挣钱多少倒是小事,只是别太苦太累,更要注意安全。"

小伟说:"在咖啡厅干活儿,无非是端茶倒水的,能有多累呀。妈,您就放心吧。"

经小伟一番耐心说服,妈妈终于同意了他的要求。

第二天,杨小伟便换了一身干净的衣服,背上简单的行装,去上班了。

咖啡厅坐落在新城区一条繁华的街道上,周围是商业中心,高高的写字楼一座连着一座。

小伟是个勤劳又有上进心的孩子,他每天上班总是提前半小时到达工作岗位,扫地拖地,把桌椅擦得干干净净。咖啡店老板是广东人,前几年在广州开了一家咖啡店,生意很好,赚了不少钱。为了开辟新的市场,扩大经营,今年年初,他来到呼和浩特,在这座塞外文化名城开了连锁店。

对于这个初来乍到的新员工,老板非常赏识,因为小伟在工作中勤勤恳恳,对待顾客满腔热情,服务周到,令顾客十分满意。

每天关门后,老板总要召集员工们开十分钟的会议,总结一天的工作,布置明天的任务。在总结会上老板还多次表扬了杨小伟。

老实说,杨小伟刚到咖啡厅时,对工作并不熟悉,但他勤奋好学,有不懂的地方就向老板请教。同时,他查阅了一些资料,对咖啡厅的业务逐渐熟悉起来,对咖啡文化也有了一些了解。

有一天下班后,小伟和同事们闲聊起来,有个小女孩说:"我就不明白,咖啡这么苦,为什么人们偏偏爱喝呢?"

小伟说:"咱们中国人爱喝茶,我们内蒙古人最爱喝奶茶。喝咖啡是西方人的生活习惯和爱好。随着改革开放,西方文明进入中国,成为一种新的消费时尚。这里面学问可大了。"

小女孩笑着说:"照你这么说,这没有文化的人,还不能喝咖啡呢,只能喝白开水。"

小伟说:"我不是这个意思,我是说咖啡是一种文化,它有着深厚的历史渊源。"接着他便海阔天空地神聊起来。

咖啡原产于非洲,具体地说原产于非洲的埃塞俄比亚。相传很古的时候,有个牧羊人发现他的羊群吃了酱红色的咖啡豆后,便兴奋欢快地跳了起来。于是他也摘了一些吃,不一会儿他也跟着羊群跳了起来。原来咖啡果里的咖啡豆含有咖啡因,它能使动物的中枢神经兴奋起来。

还有一个传说,古时候埃塞俄比亚有个罪犯被流放到西部荒原,他在

二十、在打工的日子里

那里发现黄鹂鸟的叫声比别处的叫得好听许多。原来,这里的黄鹂鸟以咖啡豆为食。

后来,咖啡豆便成为非洲某些部落的重要食品。17世纪,威尼斯商人将咖啡豆引入意大利,很快便传遍整个欧洲。

小伟正和同事们漫无边际地神聊,恰恰被老板听到了。他走过来,拍着小伟的肩膀说:"小伙子,你懂得真不少。你继续讲,我也想听听。"

小伟见老板来了,有些不好意思起来,对老板说:"我都是从书本上看的,一知半解,班门弄斧,让您见笑了。"

老板说:"不,你讲的这些很有用处,现在办企业靠的是文化,企业文化是无形资产,是企业发展的命脉,它可以给企业带来丰厚的回报。我开咖啡厅已经好几年了,也积累了一些经验教训。我在广州开的咖啡厅比较成功,但在北方就差一些了,原因是缺少企业文化,我们要用文化培养市场。比如在欧洲,咖啡厅非常普遍,是主流社会的一种生活方式,喝咖啡已成为一种时尚。人们在这里进行文化交流,高谈阔论,张扬个性,炫耀个人的聪明才智。很多文化沙龙、俱乐部都在咖啡馆里举行。"

小伟说:"是呀,早在18世纪,咖啡就成为西欧人的嗜好。据说大哲学家伏尔泰每天要喝30杯咖啡;法国大作家巴尔扎克更是嗜咖啡成癖,他每天工作15个小时,以咖啡提神,激发创作灵感,有人统计说,他一生喝了3万杯咖啡,在不到20年的时间里写了90余部小说;还有'音乐之父'巴赫,喝了咖啡感到手指特别灵活,从而提出了启用姆指弹奏,发明了十指弹奏法,主张将手指弯曲,丰富了弹钢琴的艺术表现力,完善了钢琴演奏中指法的运用,他一生创作了500多首音乐作品。"

老板被小伟丰富的知识所折服,视小伟为知音,闲暇时总爱找小伟聊天,听取他的意见和建议。

有一次闲聊时,小伟向老板建议说:"这段时间,我发现经常来咱们这里喝咖啡的大致有四种人:一是企业老板,他们一边喝咖啡,一边谈生意;再是文人雅客,其中多为诗人、作家、画家、书法家、音乐家,他们边喝边谈创作,兴趣上来便即席朗诵，挥笔泼墨，放声高歌；第三种是热恋中的情侣，他（她）们边喝边聊，充满浪漫情调；第四种是白领上班族，他们大都是来消遣放松心情的。现在我们的品种比较单一，我建议多上一些新品种，如夏威夷咖啡、哥伦比亚咖啡、爪哇咖啡、星巴克咖啡等等，以适应不同消费层次的人群。"

老板欣然接受了小伟的建议，咖啡厅的生意逐渐火爆起来。

在老板眼里，小伟是个难得的商业人才，别看他小小年纪，凡事爱动脑筋，有智慧，有远见，点子多。有一天，老板对小伟说："将来你毕业了，如果你愿意，我将以高薪聘请你来任咖啡厅经理，我们共同打拼，不知你意下如何？"

小伟说："感谢您的一番美意，不过我的理想是当兵。当一名解放军战士，这是我多年的愿望。"

老板用赞许的目光看着他。人各有志，不可强求。对于小伟更加高远的追求，老板充满无限敬意。

在打工期间，小伟结识了一位新伙伴，他叫耿旺旺，是卓资山人，因为从小家里贫穷，初中毕业后便辍学进城打工，现在在附近一家歌舞厅上班。旺旺视小伟为好友，下班后，经常找小伟一起玩，俩人很能谈得来。

有一次，旺旺邀请小伟到他上班的歌舞厅去玩。小伟虽然很爱唱歌，可是对于歌舞厅这种场合从来没有涉足过。现在旺旺邀请他，他也想进去看一看，亲身体会一下所谓的时尚生活。

歌舞厅里聚集着很多青年男女，人们在震耳欲聋的音乐声中又唱又跳，十分热闹。小伟看见有一群青年男女疯狂地旋转着，五花八门的舞姿令人眩目。其中有两个女孩疯狂地摇晃着脑袋，如痴如醉。

小伟对旺旺说："她们这样不停地摇脑袋，不嫌累吗？"旺旺说："大概是喝了摇头丸。"

一听摇头丸，小伟马上警觉起来，他对旺旺说："这摇头丸可不是随便喝的，它是毒品，喝了会影响人们的身心健康，是国家明令禁止的毒品。"

经过一番询问，旺旺告诉小伟说："这两个女孩我认识，是附近一家美发店的打工妹。以前她俩挺好的，最近不知为啥变坏了，喝开了摇头丸。"

二十、在打工的日子里

小伟感到事态的严重性。

第二天下班后,小伟让旺旺陪同他去美发店理发,借机认识一下这两个女青年,了解一下情况,以便提醒她俩,喝摇头丸是一种犯法行为,千万不要误入歧途,在错误的道路上越走越远。

理完发,小伟邀请旺旺和两个女孩一起到小饭馆吃饭。席间,小伟委婉地问她俩是否接触过摇头丸。两个女孩惭愧地低下了头。

原来这两个女孩子从别人那里听说,摇头丸能提神,能解除疲倦。出于好奇心,她俩便偷偷地喝了一丸,结果脑子里便出现了一种异样的感觉,第二次喝了后,头脑发涨,感到特别兴奋,一进歌舞厅便手舞足蹈,脑袋不由自主地狂摇起来。

小伟严肃地告诫她俩:"赶快戒掉,千万不能再喝了。人如果超越了道德底线,其后果不堪设想。"

两个女孩非常后悔,表示坚决改正,今后远离毒品,做遵纪守法的好青年。

在接下来的日子里,小伟和旺旺经常找这两个女孩子聊天,和她们在一起谈天说地,探讨人生。这两个女孩子果然听从了小伟他们的劝诫,又分别找到了合适的工作,开始了新的生活。寒假即将结束,杨小伟的打工生涯也将告一段落。他要离开咖啡厅了,老板真是恋恋不舍。40多天朝夕相处,他和老板之间已建立了深厚的感情。老板特意多发给他1000元的奖金,小伟说啥也不要。

老板对他说:"我们的咖啡厅现在已在呼市站住了脚,生意很不错。我是多么需要像你这样的好帮手呀!小伙子,我这儿的店门永远为你开着,不管你什么时候来,你就是我这儿的一名正式员工!"

二十一、穿上绿军装

2010年12月1日,是杨小伟人生中最难忘的日子,也是他生命中最重要的转折点。18岁的杨小伟光荣应征入伍,穿上了绿军装,从这一天起,他成为一名光荣的中国人民武装警察消防部队战士。

他穿着绿军装回到家里,一进门第一句话就说:"妈妈,妈妈,你看我穿上这身绿军装帅不帅?"

妈妈上上下下打量了一番,连声说:"帅,帅,我儿子真帅!"爸爸在一旁用欣赏的目光望着儿子说:"穿上这身军装,就是威风,神气!"

在父母眼里,小伟仿佛一下子长大了。昨天,他还是一个稚嫩的高中生,而今天,一下子变成了一名威武雄壮的武警战士,这巨大的反差,令父母又惊又喜,心中萌生出一种骄傲自豪的感觉。

不过,说老实话,对于小伟当兵的事,父母一开始并不同意。他们觉得孩子还小,需要父母的呵护和照料。他一下子远离父母,能受得了吗?听说当兵的地方在黑龙江哈尔滨市,那里气候很冷,被称之为冰城,离家乡几千公里,他们哪里能舍得呢?

再说,父母亲对儿子的前途早有自己的设计,他们觉得儿子在学校学习成绩好,脑瓜聪明,他们希望儿子高中毕业后继续上大学,上名牌大学,将来毕业了找一份理想的工作。

另外还有一点,父母在城里打工多年,已打下良好的经济基础,民族用品生意做得红红火火。将来小伟即便上不了大学,只要帮助父母好好打理商店也会有不

二十一、穿上绿军装

菲的收入。

对于父母亲的种种想法，小伟早有思想准备，他千方百计地做父母的思想工作。他对妈妈说："当兵是我多年的愿望，我想在部队发展。鸟儿长出了翅膀就要远走高飞，留在父母身边永远不会有出息。"

妈妈说："当兵可是一件苦差事，要吃苦头的。你身单力薄的，能受得了吗？听说，哈尔滨天气可冷了，滴水成冰……"

小伟说："冷怕什么？人家哈尔滨可是大城市，比咱呼市大多了，号称东方莫斯科，那里有1000多万人口。人家不怕冷，咱们就怕冷吗？再说比呼市也冷不到哪里去。"

"听说哈尔滨离咱呼市有几千公里，这么远，你回来一趟多不容易啊！"

小伟说："现在交通发达了，远怕什么，坐飞机两个小时就回来了，坐高铁也就十来个钟头。我当了兵，也会常回来看你们的，你们放心吧。"

小伟找出种种理由说服父母，他没有讲更多的大道理，而是用这些普普通通、家长里短的话去打动父母的心。

小伟的父母是开通人，他们深知儿子的脾气，他刚强、果断、有主意、有志向。儿子一旦决定了的事，就是九条犍牛也拉不回来。父母终于同意了小伟的请求。

小伟要走了，众多亲朋好友都来看他。看着他长大的樊俊峰和高峰叔叔撂下生意几次来家，问长问短，鼓励他说："既然选择了部队，就要勇于吃苦，刻苦训练，成为一名合格的军人。"蒙亮集团的李国军叔叔还特意请小伟在外面的小餐馆吃了一顿他最喜欢吃的羊杂碎，为他饯行。

临走那天，许多亲戚、老师、同学和朋友们到火车站为他送行。和小伟一起入伍的还有白霄、关家欣、徐时敏、邓鑫等人，他们胸前戴着大红花，兴高采烈地登上东去的列车。

哈尔滨是雪的故乡，也是冰的海洋。但这里的军营里有寒风中的飒爽英姿，有冰雪中的神采飞扬。杨小伟在这里光荣地成为了黑龙江省公安消防总队教导大队二营三连二排十七班的战士。

新兵连生活开始了，总队依据训练大纲，对新兵科学实施训练科目。他们结合新兵的心理特征、身体素质和接受能力，合理安排教育训练的内容与时间，训练场上严格要求，一丝不苟。他们采取分解训练、单兵训练、体会练习、课余辅导等精细化管理和严格训练,很快使杨小伟等新兵战士们在日常管理、体能技能、行为规范等方面有了较大的进步。

清晨,未见旭日,却闻军号响。小伟谨记班长的一句话:"流血流汗不流泪,掉皮掉肉不掉队。"新战士们个个都是好样的,训练场上天气再寒冷,不会有人喊累;风雪再大,不会有人退缩,整齐威武的步伐告诉每个人:"我是一个兵!"

生活中连排长努力为新兵们打造"暖心工程"。新兵生病,班长总是第一时间倒上水,取来药,送来病号饭;新战友过生日时,新兵团的首长会为新战友买来蛋糕,大家一起为过生日的战友祝福,让新战士切实感受到了部队大家庭的温暖。

2011年新年到了,杨小伟的父母收到了儿子从军营里寄来的一封信。

亲爱的爸爸妈妈:

我到新兵营已经二十多天了,您们还好吗?以前在家,我有时烦您们的啰唆,现在才几天我就想您们了。不用挂念,我在这里很好的,我该长大了。

我来到部队里,部队就是我的家。我在这里又有了新的亲人,他们就是我的班长和战友们。在班里大家关系都很好,班长对待我们就像爸爸您一样,都是严厉与慈祥并存于一身;班长又像一个大哥哥,时时刻刻都在关心并照顾着我们。我的性格也越来越阳刚了,不像女生一样不敢说话了,头发也剪得更短了。现在的我,不敢说自己已经是一个顶天立地的男子汉,但我相信在不久的将来我一定会成为一个真正的男子汉的。

我们每天的训练、生活很充实,没有您们想象得那么累。也许是我刚到部队的原因吧,有时还有些不大适应,但是我已经做好了心理准备,时刻准备接受最严峻的军旅生活考验。因为我知道,当我告别家乡、穿上军装的时候,就意味着要面对危险。我们需要随时做好准备,出现在灾难现场,应对各种突发事件,保护和抢救人民的生命和财产,这是我们消防兵的职责所在,我们责无旁贷。选择了消防员的生活,就等于选择了奉献和牺牲,但我一点儿也不后悔。前几天,我们新兵团召开动员大会,冷俐总队长在讲话中对我们新兵提出了"坚强、坚持、坚定"的要求,我很受教育。我喜欢当兵,从小我就想当一名军人。这身军装是我从小到大的梦

二十一、穿上绿军装

想。我如今当了兵,而且是一名消防战士,我为能成为一名消防战士感到无限的自豪和骄傲。我立志要建功火场。等我有所建树的那天,一定要把您们接到部队来看一看。相信我吧,虽然才刚刚开始,但我坚信希望就在前方。我一定会苦练军事技能,努力做一名合格的军人。

祝您们新年愉快!

此致　敬礼

您们的儿子 小伟

2010 年 12 月 26 日

三个月的新兵连生活结束后,杨小伟和几个战友被分配到哈尔滨公安消防支队道外化工中队。小伟多少有些遗憾。按照小伟的想法,他是想到野战部队里去,拿着真枪真炮,走上战场,冲锋陷阵。而今天他们拿的却是水枪水炮,总觉得不如火枪火炮带劲。中队指导员看出了他的心思,对他说:"这水枪水炮的重量可并不比火枪火炮的重量轻啊!它面对的是无情的烈火和各种突发性灾难,火场就是战场,我们的敌人就是无情的烈火。野战部队冒的是枪林弹雨,我们消防部队则是赴汤蹈火。两个不同的战场,完成的是同一个使命,那就是保卫国家,保卫人民。"

杨小伟明白了,从此他安下心来,决心做一名合格的消防战士。

在我们的采访过程中,老班长陈振鑫回忆起杨小伟来,至今难以忘怀。那天他亲自把几个新兵接到了中队,杨小伟是其中之一。"新兵蛋子"这个词,乍一听似乎有些贬义,其实这是老战士对新战士的一种昵称,丝毫没有贬低之意。

刚入伍那阵,杨小伟在军事训练中处处领先,可是他的内务水平比较差。所谓内务水平,是指内务卫生,诸如叠被子、叠衣服、整理床铺、打扫卫生、军容风纪等生活细节。为此老班长陈振鑫没少批评他。

杨小伟认为,做一名战士,练就过硬的作战本领才是正事,至于叠被子、叠衣服之类,是婆婆妈妈干的,无关紧要。有一次在中队检查内务卫生时,因为杨小伟的被子叠得不够整齐被扣了分数,因此失去了先进班集体的荣誉。

老班长狠狠地批评了他,说:"作为一名革命军人,要从微小的事务做起,克服自由散漫的懒散意识,培养良好的生活作风。"

听了老班长的话,小伟认识到了自己的错误。他不仅坚决服从命令,自觉执行条令,坚持苦练技能,而且努力克服自己的急躁脾气,认真练习叠被子。新兵的被子都是刚发下来的,比较蓬松,很不好叠,他就耐心地坐在被子上压。后来,他的被子比任何人都叠得好,像切得整整齐齐的豆腐块一样,四棱见线,衣服摆放得也非常到位。

2011年12月20日,杨小伟的父母收到了哈尔滨消防支队道外化工中队寄来的"喜报":"杨小伟同志在2011年度被评为优秀士兵,特此报喜!"这次优秀士兵的评选条件是:政治思想强,军事技术精,作风纪律严,完成任务好。捧着这张大红喜报,杨小伟的父母双双流下了激动的泪水。他们知道,儿子是好样的,没有给他们丢脸。

转眼之间,杨小伟在消防中队已度过了两年的军旅生涯。和他一起入伍的战友白霄、关家欣、徐时敏、邓鑫就要退役复员了,朝夕相处的战友此时难舍难分。

这天,小伟特意邀请几个战友到街上饭馆吃饭。席间,小伟破例要了一瓶龙江白酒。平时他们是不喝酒的,今天是特殊的日子,战友们开怀畅饮,共叙友情。小伟对战友们说:"回去请转告我父母,我暂时还不能回去。部队需要我,我也想在部队再干几年。告诉我爸爸妈妈,我在部队一切都好,请他们放心。我明年假期一定回去看望他们……"说着小伟的眼圈红了。

第二天,小伟把战友们送到火车站。大家呼喊着,拥抱着,还有说也说不完的话。列车开动了,车里车外的战友们不停地挥手告别。小伟的眼里噙满了泪花。

二十二、魂归故里

> 青山肃立悼英烈,
> 黑水呜咽泣忠魂。

　　深冬的塞外大地银装素裹,晨阳如血。巍巍大青山在寒风中肃立,昔日奔腾的大黑河此时已完全安静下来,白云低垂,飞鸟不鸣,它们仿佛在为烈士默哀,向英雄致敬!

　　2015年1月9日,杨小伟烈士的骨灰回到故乡,回到母亲的怀抱。面对儿子的牺牲,小伟的父母悲痛欲绝。然而,他们深深地懂得自古忠孝不能两全的道理,儿子是为国捐躯、为民殉职,他死得其所、死得光荣,他的死比泰山还重。

　　"洒泪祭忠魂,英灵返故乡。"1月9日上午,杨小伟烈士的骨灰安放仪式在内蒙古革命烈士陵园举行。小寒、大寒是一年中最冷的节气,大青山脚下的内蒙古革命烈士陵园里依然阴冷肃杀。道路两旁悬挂着悼念烈士的条幅:"杨小伟,你是内蒙古人民的骄傲!""忠诚可靠,临危不惧,赴汤蹈火,英雄壮举惊天地!"整个瞻仰大厅,摆满了政府部门、烈士亲属、市民群众和社会各界送来的花圈和鲜花。悲鸣的哀乐,低回揪心。

　　自治区民政厅的领导,呼和浩特市政府、市民政局、市优抚办的有关领导,清水河县委书记云霖琼、县长亢永强、县政协主席李兰峰,清水河县武装部部长陈钊蓬、民政局局长白瑾及韭菜庄乡党委书记李军、乡长乔升等各级领导,亲自前来看望烈士杨小伟的亲属,并参加杨小伟烈士的骨灰安放仪式。

杨小伟的大爹、三爹、四爹、姑姑、堂兄、堂弟、姐妹们及众多亲属们赶来了,小伟生前的战友、老师、同学及盆地青村的乡亲们赶来了,相识的和不相识的市民们闻讯赶来了……他们怀着悲痛的心情,在彻骨的寒风中,打出白底黑字的标语缅怀烈士,走进瞻仰大厅,他们要为英雄送最后一程。一排排消防战士脱帽敬礼,含泪抽泣,前来为这位不曾相识的战友送行。还有许多企业职工、环卫工人、交通警察……各行各业的人们,或佩戴白花,或打出条幅,在街头巷尾向烈士表达依依不舍的深情,传递满怀真挚的哀思。

在送别仪式上,小伟的堂弟哭着说:"哥哥,我想你。等我长大了,我也要当兵……"他想起了小时候跟小伟哥哥一起上南山采野果,领着雪虎一起去看瓜田,一起在雪地里救小牛犊……那时,他们玩得多开心呀!想起这些,堂弟哭得眼睛都红肿了。

杨小伟的好兄弟李瑞早已哭成了泪人,几天来他反复回想着和小伟在一起的成长过程。他们是最要好的朋友,过去经常在一起看书学习,一起到山野里春游,一起到郊外的瓜地里偷瓜,甚至一起回农村老家去抢着骑猪……

在送别的人群中,有个小伙子哭得不能自抑,他是小伟的好朋友,叫赵子飞。他说:"小伟牺牲前两天,我俩还通了电话,我问他过年回来吗?他说过年期间正是火灾多发季节,没办法回家。我还答应要给他买双新鞋。可我怎么也没有想到,这是我们最后的一次通话……"赵子飞哭着说,"从今以后,小伟的父母就是我的父母,我会替他照顾好老人。小伟,一路走好!"

远在黑龙江省公主岭市不曾相识的出租车司机张宇,听到小伟牺牲的消息,心情久久不能平静。为减轻小伟父母的痛苦,他多次打电话给小伟父母,希望他们节哀珍重,保重身体。没过几天,张宇便专程从哈尔滨赶来看望小伟的父母。

哈尔滨市的退伍战士刘超宇,虽然和小伟只见过一面,但他对小伟印象深刻。小伟父母在哈尔滨期间,他以志愿者的身份,主动担负起照料烈士家属的任务。他日日夜夜陪伴在小伟父母身边,像亲儿子一样照料他们的生活起居。后来他还不远千里,从哈尔滨带着礼物到呼市专门看望小伟的父母。

江苏省盐城市建湖县芦沟镇企业家羊孔云,得知杨小伟牺牲的消息后,怀着对英雄十分敬仰的心情,在小伟牺牲的首周为烈士做了一场瑜伽焰口法会,在烈士的百天又做了一堂中峰三时系念法会。后来羊孔云又专程来到呼和浩特看望烈士小伟的父母，并亲自到内蒙古革命烈士陵园祭奠烈士。

杨小伟家乡清水河县的民众纷纷通过微信朋友圈自动转发烈士的英雄事迹沉痛悼念杨小伟。"杨小伟，你是我们清水河人民的骄傲！""黄河悲鸣悼烈士，长城伫立颂英雄。向英雄杨小伟同志学习！""杨小伟，你是青年人的榜样，新时代的楷模！""烈火真金，浩气长存。杨小伟，你永远活在我们心中！"

清水河县坐在轮椅上的著名诗人高尚儒先生，连夜写出感人肺腑的诗作《消防战士小伟赞》。

内蒙古医学院附属医院的大夫李义听到杨小伟牺牲的消息后，怎么也不敢相信这残酷的事实。这是个多好的孩子啊！小伟父母住院期间，他亲眼见到小伟日日夜夜守候在床前，小伟的一片孝心深深感动了他。这样一个优秀青年说没就没了，他怎能不悲痛万分？举行小伟骨灰安放仪式那天，他亲自到烈士陵园为小伟送行。

悼念烈士的唁电，歌颂英雄的诗词，在网络上铺天盖地地传播着，天南地北的民众用这种方式表达对烈士的哀思，抒发对英雄的敬意。

网上一位署名"心语"的诗作《妈妈，您别哭》迅速在祖国大地上传播开来，牵动着亿万民众的心，诗中写道：

妈妈，您别哭
儿子是您的骄傲
面对熊熊燃烧的大火
作为光荣的消防队员
保护人民的生命财产
是我义不容辞的职责

妈妈，您别哭
其实，我也好难过
您的养育之恩我尚未报答
如果有来世
我一定在您的膝前尽孝

妈妈,您别哭
面对危险勇往直前
这就是军人的使命
战士宁死沙场决不后退
这是您对我的教导

妈妈,您别哭
是儿子没有履行承诺
说好春节回家看望双亲
儿子食言了

妈妈,您别哭
其实,我也很想家
想吃您为我做的年夜饭
想和同学讲我的战友情

妈妈,您别哭
儿子没给您丢脸
面对危险我毫不畏惧
一声轰鸣的巨响大楼坍塌
瞬间夺走了我年轻的生命
妈妈,我走了

妈妈,您别哭
虽然我的衣服已经结冰
虽然烈火燃烧我的身躯
妈妈,儿子没有流泪
军人的职责告诉我要坚强

二十二、魂归故里

妈妈,您别哭

没有儿子的陪伴

爸爸妈妈要保重身体

如果有来世

我们还做母子

从此再也不分离

陪您尽享天伦

妈妈,您别哭

我走了

在遥远天国我为您祝福

天上最亮的那颗星星

是我在向您眨着眼睛

妈妈,您别哭

我走了

好想让您紧紧抱着我

好想在您的怀里撒娇

好想让您拥我入梦乡

妈妈,您别哭

我走了

让儿子为您拭去眼角的泪花

让我们相约来世

一家人永远在一起

其中有一篇从西藏拉萨市发来的微信格外引人注目:

"敬爱的杨小伟,你是我们心目中最可爱的人。你还记得吗?六年前,我们在天安门前相识,我们一家三口和你,不,还有乌兰托娅,一起观看升国旗仪式。那天,你举着小丹增亲眼目睹了五星红旗冉冉升起的情景。小丹增高兴得欢呼起来。后来你应征入伍了,成为一名名副其实的金珠玛米。你通过微信给我们发来你参军后的照片,我们一直收藏在手机里,想你的时候,我们就打开看一看。

　　前几天,我们突然在电视机里、在报纸上看到杨小伟牺牲的消息,我们全家三口都震惊了,我们不敢相信这是事实。小丹增哭得最伤心。他现在已经长高了,已经是三年级的小学生了,他表示,长大后也要当一名金珠玛米。此刻,我们站在雪域高原,面向北方,向你致以最后的敬礼!飞翔吧,草原上的雄鹰!

当乌兰托娅看到西藏大叔这篇微信,她双眼模糊了。

哈尔滨天才宝宝亲子俱乐部的孩子们闻听小伟牺牲的消息早已痛哭失声。2014年10月末,老师还带着他们到化工消防中队学习,杨小伟叔叔亲自给他们表演技能、讲故事,和他们一起做游戏,小伟叔叔的形象在孩子们心里留下了难忘的记忆。没想到当时美好的时刻竟成为永恒。在和平年代,英雄仿佛离我们很远,但孩子们却真实地见证了他们的存在,他们短暂的生命给孩子们幼小的心灵留下了光辉记忆。今天,孩子们含着眼泪齐声朗诵道:

　　　　亲爱的叔叔
　　　　我记得你的笑
　　　　温暖而亲切
　　　　那是寒冷冬日里灿烂的暖阳

　　　　亲爱的叔叔
　　　　我记得你的眼神
　　　　坚毅而果敢
　　　　你说成为一名军人是你从小就有的梦想

二十二、魂归故里

亲爱的叔叔
我记得你的手
厚重而有力
你说你要用它扛起水枪冲向火海守护一方平安

亲爱的叔叔
我记得你的肩膀
宽大而坚实
你说你扛起的不仅是梦想更是祖国和人民的重托

亲爱的叔叔
我不愿相信
你的笑容凝结在这寒冷的冬季
你的双手再也不能将我们高高举起
你的青春就这样定格在风华正茂的年纪
你用坚定的信念扛起消防的旗帜
你用最后的奔跑保卫着人民的安康
你用短暂的青春书写着忠诚可靠的铮铮誓言

清明节来临了，漫长的冬天结束了，习习春风在大地上徜徉，春回大地，万物复苏。柔软的柳条上吐出鹅黄色的嫩叶，白杨树上挂满了紫红的花穗，春风一吹，柳絮杨花像银色的蝴蝶在空中飞舞，毛茸茸地洒满了田间地头。

这天晚上，毛毛做了一个奇怪的梦，她梦见一只金凤凰从东北方向飞来，拍动着美丽的翅膀，飞过黄河，飞过长城，它在盆地青上空盘旋了三圈，然后向南山顶上飞去，落在一棵高高的白杨树上。

这时，不知从哪里飞来许多美丽的鸟儿，有绿孔雀、白天鹅、丹顶鹤、灰鹭鸶、黄鹂、画眉、长尾巴喜鹊、鹦鹉、红嘴杜鹃，还有很多叫不上名字的鸟儿。它们围着金凤凰跳起了舞蹈。

只听金凤凰一声鸣叫,漫山遍野的花朵全开了。这时,从花丛里走出一位百花仙子,她手提花篮,将五颜六色的花瓣撒向山川河流。鸟儿们欢呼起来,毛毛和小英子也情不自禁地跟着欢呼起来。

第二天,毛毛和小英子一起来到南山顶上,她们在一棵高大的白杨树下停止了脚步。这棵白杨树是小伟哥和爷爷多年前栽下的,如今已长成一棵大树了,挺拔粗壮的树干直耸云霄。

白杨树下不知是谁堆了一个小小的土堆,上面插着一束金黄色的迎春花。

清明节那天,天刚蒙蒙亮,有人看见雪虎孤独地跑上南山顶,对着东方鸣叫了三声,然后便钻进茂密的白杨树林里,消失得无影无踪……

二十三、浩气长存

救火英雄杨小伟，像一只烈火中的凤凰，迎着火红的朝霞飞走了。他没有死，他永远活在人们的心里，他那天真可爱的音容笑貌永远定格在22岁青春的脸庞上。他的英雄事迹时时刻刻在激励着人们，鼓舞着人们，英雄的业绩将化作巨大的精神力量。

杨小伟生前的战友和同学以自己的亲身经历回忆着与英雄相处的日子。

陈振鑫是杨小伟的老班长，他在一篇回忆文章中深情地写道：

小伟，我们来看你了。

我知道你为什么不和我说话，刚刚打了一场恶战，你累了，睡着了。班长不怪你，从此再也没有清晨出操的哨声，再也没有刺耳的警报声，再也没有刺眼的火光，你终于可以睡个安稳觉了……

元旦那天，我在哈尔滨往火车站走的时候，看到了远处的浓烟，我和女友说："看，那边着火了，而且火很大。"女友很不理解，问我为什么那么确定就一定是着火。我告诉她，这是消防兵的经验和直觉。可是我又怎么会想到，在那些执行灭火任务的消防官兵中，就有你的身影。

其实，我很后悔。后悔自己退伍太早，没能和你并肩作战；后悔自己的懒惰，在哈尔滨和大庆相距这短短200公里的路程，我没能经常地去看望你；后悔自己那天看到大火，却没给你打个电话……

1月3日那天早晨，我接到白霄的电话。他哭着对我说："班长，哈尔滨着火了,化工中队参战了,说是有人员伤亡。你给我问问,小伟是死是活……"我一下子便蒙了,给你打电话,你不接;给中队其他人打电话,也没有人接听;给指挥中心打电话,接警员告诉我,暂时不能对外发布消息。直到一个战友回电话,我才知道你真的牺牲了。我想知道你的安危,可我不想听到这样的结果。

还记得你2011年下中队时的样子:运兵车带着你们8个新兵缓缓驶入中队大门。干部、老兵已经在中队门口等候多时,一看到你们,就开始敲锣打鼓地迎接。队长、指导员和你们逐一敬礼、握手,老兵们帮你们搬行李,而我在一旁给你们照相。

消防队有个规矩,新兵下中队,第一件事就是照一寸照。当然,这个工作是由我来完成的。我还清楚地记着你这个小新兵蛋子笑嘻嘻地和我说:"班长,你给我照好看点行不行?"你站在门后的白墙处,我给你拍下了下中队以来第一张照片。现在回想起来,不只是新兵下队,晋衔和人员调动的时候,每个人也都要照相,而那张照片,很可能就成为日后战士们的遗像。

新兵容易想家,可是部队对通讯设备管得很严。你们经常背着你们的新兵班长跑到通讯室打电话,我理解。可是你们这帮臭小子一到晚上熄灯前就跑来和我借手机,打起电话少则十分钟多则半小时,而且全是长途!我那几个月的手机费啊,可惨了!这也就算了。你们的新兵班长曾经来质问过我:"我带战士外出,他们怎么从来都不往家打电话呢?是不是用你的手机打电话了?"我还得帮你们撒谎:"没有没有,我哪能干违反原则的事情呢!"臭小子,就数你打电话最多。现在回想起来,真的很后悔,为什么当时就不能让你多给父母打几个电话呢?现在,永远都没有机会了……

那时候,你是除了白霄(通讯员)唯一可以自由出入通讯室的新兵。门一开,伸进来个大脑袋,看看没人,赶紧进来。整天和我嬉皮笑脸,一声声地叫着我"班长",你那不太标准的普通话,是我学不会的,也是任何人都学不会的。说句实话,你是我最喜欢的新兵,聪明、机灵,又有点调皮捣蛋,走起路来虽然晃晃悠悠,可干起活儿来却是干净利落。你经常和我聊

二十三、浩气长存

天,谈论你的理想、你的愿望。你说你从小就喜欢当兵,但家里不让,无论家人如何反对、如何劝阻,你都义无反顾地报了名、参了军,而且还选择了消防这个"养兵千日用兵千日"的兵种,为此,你的父母生你的气很久,可是你说你不后悔,因为这是你的理想。你说你要当一个好兵,要当个"兵王",当时,我笑了;而如今,你做到了。我是多么希望能够再和你聊一次天,听你再叫一声"班长"……这一切,已经成了奢求,你静静地躺在那里,任凭我怎么喊你,你都不会再回答我了。

小伟,还记得我踢你的那脚吗?你们正式待机参加执勤战备,第一次出火场,你没有戴头盔上的面罩,当我说你时你还和我狡辩,说是戴面罩看不清,被我狠狠地踢了你的屁股。从那以后,不管什么样的火场,我再未见过你不戴面罩。也许,你是怕我再"踢"你,也许你已经知道我这样做的用意所在。小伟,恨班长不?

在部队的生活,让你成长了很多,从一个不懂事的"新兵蛋子",成长为一名优秀的消防战士,一名优秀的战斗班长,更是一名优秀的共产党员,班长佩服你!成长的道路是艰辛的、坎坷的,是在无数次血与火的考验中锤炼出来的,你无愧于头顶的警徽,无愧于这一身"橄榄绿"。

小伟啊,你知道吗?班长看到你躺在那里,心里是多么难受啊!虽说我真正意义上给你当班长的时间并不长,可你终究是我的兵啊!你是我的战友啊!我真的不敢认、不敢相信,这躺在冰冷的棺木里的人,就是你啊!直到我趴在棺木上透过玻璃仔细地看了又看,才恍惚地看出一点模样……小伟啊!班长心疼啊!就像是刀扎一样地疼啊!

我去了你牺牲的地方,火还没有灭,已经3天了,大家依然在忙碌,道路已经封闭,群众都已经被转移到安全的地方。不远处窜起的火苗就像是在向所有人挑衅一样,让我恨之入骨!但是你放心,我们消防战士永远都不会向大火低头,就像《黑龙江消防铁军之歌》里所唱的那样:"为了保卫人民财产,甘洒青春热血;为了抢救百姓生命,愿做凤凰飞天……"

小伟,你就是一只火凤凰,用你的生命,绽放出人间最绚丽的火花!

和杨小伟一起入伍的战友关家欣,得知小伟牺牲的消息后万分悲痛,他和小伟是同一个战斗班的战友,睡的是一铺床,吃的是一锅饭,朝夕相处,情同手足。两年来,兄弟二人一同训练,一同战斗。他在回忆文章《消失在烈火之中的钢铁脊梁》中将时间拉回到了3年前的日日夜夜:

  2015年1月2日,一个看似平常的夜晚,我正和一位好友在酒吧里叙旧。啤酒,游戏机,美食,一切看上去平静而又轻松。但是,一个电话彻底改变一切。这个电话是我的战友白霄打来的,我在微醺中接起了电话,依旧像往常一样地问道:"咋啦,白霄你又想哥了?"没想到,他只是哽咽而又焦急地问我:"出事了,你知道不知道?能不能联系上咱们部队的人?"我当时沉默了,他紧接着说:"小伟出事了,快上网看新闻。"我慌张地挂断电话,联系了很多还在服役的战友,得到一个不太好的消息——我的战友杨小伟在扑救火灾的过程中,一座楼房突然发生坍塌,他和战友侯宝森被困,与外界失去联系,并且已经有几名消防员当场牺牲。这条消息对我犹如晴天霹雳。我们用尽一切办法去打听第一线的消息,没有什么好消息,但是我们还是抱有一丝希望,希望奇迹会发生。一夜无眠后,第二天,我们得到了来自官方的确切消息——杨小伟已经牺牲。顿时我心中伤痛不已,百感交集,不由自主地,时间回到了4年前——

  2011年春天,经过3个月新兵连的生活,到了我们下中队的日子。那天我们全体新兵站在操场上,等待前面的领导叫我们的名字,然后奔赴自己的中队。等了很久才叫到了我的名字,我们登上了一辆普通的消防运兵车。在车上,我还看到了另外4个稚嫩的面孔,尤其其中一个说着我家乡话的小个子——他就是我的战友杨小伟。

  在车上,我们都很沉默,怀揣着对于新生活的渴望,以及对于未知明天的惶恐。相比而言,杨小伟看上去比较轻松,也很兴奋,他不停地跟我们攀谈着。在他的带动下,我们的心情也慢慢地放松了下来。来到中队之后,我们几个被分配到了战斗一班,开始了我两年的军旅生涯。

  经过一段时间的相处,我们渐渐熟了起来。

  一转眼,春天过去,夏天来了。我们几个新兵蛋子经过几个月之后也融入了中队的集体生活。同时也迎来了两件大事:我们正式投入灭火战

二十三、浩气长存

斗之中,还有即将到来的"大比武"。

先说说灭火战斗吧。消防部队把新战士投入到灭火战斗之前,我们还没有资格直接参加战斗。那时杨小伟说的最多的一句话是:"我啥时候可以救火啊?"终于,时机来了。负责装备器材的班长把战队装备交到我们手上的时候,杨小伟一脸的神圣。在一个烈日当空的下午,警铃响了。当时我们正在后院训练,警铃响起后,杨小伟大喊一声:"我去!终于出警了!"只见他迈着他的"小短腿",飞快地冲向了车库,冲向了火场,正式迈向了他钟爱一生的灭火战斗。这时,他已成为了一名普通的战斗员,主要负责中队各类装备器材的养护与分配。让我感到佩服的是,他无论在哪一个岗位上,都是认真地默默地做好自己的本职工作,把偌大的器材库管理得井井有条。他最常说的一句变成了:"我什么时候能把水枪啊?"不久之后,机会来了,那是一个深夜,一场小火灾。在我们的灭火战斗即将收尾的时候,吴班长把水枪交到了杨小伟手上,把打灭小范围的残火的任务交给了他。我还记得那时他脸上的表情,夹杂着兴奋、紧张,更多是热诚。他的脸上满是乌黑,但是他的眼神是炙热的,是神圣的。在灭火战斗结束返回中队的路上,他一路还在兴奋地跟我们说刚才的感觉,这时的他好像一个单纯的孩子,他的眼神明亮而又坚定。

转眼间,一年时间匆匆而过,我们迎来了老兵转业的日子,我们也由列兵变成了上等兵,从新兵蛋子变成了老兵,这是一次重要的角色转变,意味着我们也变成了中队的骨干力量,肩上的责任也更重了。尤其是杨小伟,他立志留在部队,所以这一年对他来说至关重要。

时光飞逝,转眼到了我们在部队过的第二个新年,对于我来说也是最后一个新年。由于老兵退伍,新兵还没有来中队,兵力不足,我们的灭火任务也相对比较重,大家还要兼顾很多日常工作,但我们还是很快乐。每逢佳节倍思亲,我们也一样。这时的杨小伟很少给家里打电话,虽然他嘴上不说,但我心里明白,他怕打过电话之后更想家,所以只好把自己投入到繁忙的日常工作中。同年,他获得哈尔滨消防支队颁发的优秀士兵称号。

在简陋的条件下,我们度过了人生之中有意义的一个新年。千家万户团圆的时候,我们在消防车上度过自己的大年夜。这一夜,杨小伟反常地沉默着。两年后,我们都准备要退伍,而杨小伟决定留在部队,其实我们心里都清楚,他只是不想给不太富裕的家庭增加负担,所以选择留在部队。同时,他也热爱他的岗位,把灭火救援当作自己的事业。在每次灭火救援中,他总是冲在最前面。记得一次,我们辖区的一个床垫厂着火了。我们到场之后,现场的情况非常严峻,漫天的火海包围了我们,而我、杨小伟还有我们的指挥员,与大部队失散了。说实话,当时我很慌乱,第一次感觉到了什么叫生命威胁。我不知所措地站在原地,茫然地看着身边滔天的火海。这时,指挥员决定迅速转移到安全地带,而惊慌失措的我还站在原地没有动。已经跑出去几步的杨小伟回头发现了惊慌失措的我,毫不犹豫又跑回来了,边拉着我跑边大声喊:"关家欣——快跑!"在我们到达安全地点之后,我还惊魂未定。这时我们面临着更严峻的考验!在距离火场不远处,有几个储存有化学物品的巨型罐体,如果罐体发生爆炸,后果不堪设想。这时的杨小伟刚刚从火海之中逃出来,得知这一消息后,便毫不犹豫地拿起水枪,又投入了灭火战斗之中……

很快,到了我们要分别的日子。我们要退伍了,而杨小伟选择留在部队,继续履行这份神圣的职责。他通过自己的努力,已经成为中队不可或缺的中坚力量。分别的日子一天天靠近,我们几个即将退伍的老兵满怀着对家乡的思念,一天天盼望着。而他强压下自己对家乡的思念,还在鼓励我们,祝福我们有一个更好的明天。除了这些,他最常说的一句话变成了:"回去多帮我照顾照顾我爸我妈,尤其我爸身体不好。"我们知道,他也很想回家,但是出于对消防事业的热爱,他选择留下,选择继续保卫这一方人民和热土。

退伍以后,我们的生活发生了质的变化。通过电话联系,我们知道他在部队一步一步地成长,他当了班长,入了党,成为一名合格的军人,合格的党员。一年一次短暂的休假,变成他难得和家人团圆的时刻。每次我都能感觉到他更成熟了。还记得我们最后一次吃饭,我们边喝酒边谈论着以后的人生。他说他的愿望是2015年转业,回家好好孝顺爹妈,找一份可以养活自己的工作。短暂的休假很快就过去了,在他返回部队的那

二十三、浩气长存

天,脸上写满了不舍,我们静静地看着他孤独的背影。谁知,这一别,竟是永别!

白霄、徐时敏和杨小伟是一个消防中队的战友,同时又是老乡、同学。他们比杨小伟早退役两年。当得知小伟牺牲的消息后,白霄悲痛地说:

我和小伟以前是一个初中班的,我们俩同一天入伍,同一天乘火车离开呼和浩特。火车开到了哈尔滨,我清楚地记得在新兵团我在16班、他在17班。

有一次我病了,高烧不退,去医院住了院。他不知道我去哪了,就给我女朋友打电话问我去哪了,是不是回家了。当时家里没有人知道我去哪里了,我也没打算告诉家里,因为怕家里人担心。我回去的第二天,他就让他们班长带他来我们班看我,问我去哪了,还给我拿了吃的。当时在新兵连,管理特别严格,班与班之间的战友、老乡,只有在上厕所或者洗漱的时候才能说上一句话。我也不知道他当时是怎么跟他们班长说的,居然可以让他们班长带着他来看我,还给我拿了吃的。下队的那天,我们俩被分在了一个中队,这种几率是非常小的。当时我记得我们都站在操场上,上面有个领导在念名字,我时不时地就看看他,他也看看我。当时的想法其实就是看看他去了哪个中队,根本就没想到我们能分在一起。当念到我的名字的时候,我就快步往前面跑去。我隐约听到也念了杨小伟这个名字,但也就以为听错了,等我俩站在一个队列的时候,我看到了他站在我的后面。我们这批兵一共5个去化工中队,一个是大庆的,剩下4个都是我们呼和浩特的,这4个是我和杨小伟还有关家欣、徐时敏。

下中队没多长时间,我被分到了通讯室,而他也被分到了他最想去的战斗班。我记得他跟我说:"白霄,我就愿意出勤救火。"他的班长是我们中队救火最好的班长,从那以后的两年里,我俩一起出去救了无数次火。只要有火警,他就肯定去。

我俩第一次出去参加救火的时候,我已经开始干火场通讯员的活儿了。当时是凌晨4点多,市内的一个棚户区起火,他在给他的班长拽水带。为了跟班长多学一点救火的本事,他就一直跟在班长的身后。他当时就没有看到他头顶上的房梁快塌了,他只顾着看怎么救火。我把他拉了出来,记得当时我还骂了他,而且说:"你不要命了,冲那么靠前干什么?"我之所以这样说,是为了让他注意自身安全。可是对他说了无数次,他总是不听。上火场我有我的事,他有他的事,但是我只要看到他冲得太靠前都会上前拽他出来。我也知道这样做没用,等我一走他又冲进去了。杨小伟作为"一号员"第一次去救火,是一个润滑油厂着火,400多桶油熊熊燃烧。由于设备有限,泡沫灭火器引起火星飞溅。当时他的班长累虚脱了,他便顶了上去。在清理火场的时候,他如愿当上了一号员,抱上了他梦寐以求的水枪。我记得当时还给他照了一张照片,他当时笑得特别开心。

这两年里,我们俩在中队基本上形影不离。部队的生活非常紧张,每天我们需要进行5个小时以上的体能训练,包括跑步、单双杠、挂钩梯等,还要打扫卫生、清理和清点设备。水带要刷得干干净净,一尘不染。作为年轻人,我们并没有什么玩乐的项目,顶多用电脑打一次单机游戏,唯一的文娱活动是"饭前一支歌"。记得一次,我和小伟、关家欣三个人在周末休息的时候玩"斗地主",输了就往脸上贴纸条,结果玩到一半时出警了,三个人第一动作就是撕脸上的纸条。出完警回来,他们两个都习惯去我屋子里抽根烟,然后再该干嘛干嘛,尤其是晚上。记得有一次,后半夜出了一个抢险救援。我们去了以后车已经全着了,车里的人也没能救出来。等火灭了我给车照了相。回去以后,我们三个人就把相机插在电脑上,一起看那辆车,还有里面烧焦了的人,其实他胆子也不大。我们俩就这样过完了两年吃住一起的生活。

记得我们退伍的那天,他早早就来到中队门口送我们。我、关家欣和徐时敏一个个地与中队出来送我们的战友告别。我跟小伟一直都没说话,出租车停下来了,我看了他一眼,他跑上来抱住我就哭,我也哭了。他说:"你们都走了,就剩我一个了。"我对他说:"自己一个人在中队,出警的时候多注意安全,火又不是你家着的,别啥事都冲前面。我走了,再没人时时刻刻盯着你,没人拽你了。"他没说话,头在我肩膀上重重地点

二十三、浩气长存

了点。

2015年1月3日,我在哈尔滨殡仪馆见了他最后一面。那时,他已静静地躺在了棺木里,任我再怎么喊怎么叫,他都无动于衷,再不会有一声的应答,再不会有一丝的微笑。我泪如泉涌,只能在心里默默地祈祷着:小伟一路走好!

东北籍战士杨超,比杨小伟早一年入伍。他俩在一个中队里共同战斗了4个年头。他俩虽然不是老乡,也不是同学,但共同的爱好、共同的理想将俩人紧紧地联系在一起,就像一对亲兄弟一样。杨小伟牺牲了,生死诀别,杨超怎能经得起这沉重的打击。

杨超在《最纯真的兄弟情》中回忆了兄弟俩相处的日日夜夜:

一个和我同姓、体重身高都透着相似的杨小伟,哈尔滨支队道外大队化工中队战斗班班长。作为一名比他入伍早一年的我,他的每一步成长,我都历历在目。从一名战士,成为一名优秀的战斗班长,这中间需要付出多少汗水,多少心血啊!他是一名优秀的军人,更是一个优秀的人。他内心充满着善良,一个时时刻刻都为别人着想的人,遇事总是先想着他人再考虑自己,他乐于助人,设身处地为他人着想。他人在哪里,笑声就会在哪里。我深入了解他是在他提升为下士以后,我们的话越来越多,对他的了解也多了,我们也成为了最好的战友、最好的朋友、最好的兄弟。每次在灾情面前,他总是冲在最前面,即使大火无情,他也从没有退缩过。作为战斗班长,他以身作则,面对火场,他每次都很有经验地去处置,在器材保养、操作方面,他的技术娴熟。

杨小伟,头脑灵活,很聪明,学什么东西好像都难不倒他,他更愿意笑。时间已过去了很久,但他的一切仍历历在目,仿佛就是昨天,仿佛他还在,没有离开。从来没敢想过,更不会想到,有一天他会离开我们。大家虽然都知道消防队员职业的危险,但却不会想这个问题,还没有来得及说一句他最想说的话,我想他一定有很多话想说,但却没有机会再说了。花落花还开,春去春又来,唯独你一去再也不复返了。又是一年春夏,训练场上再也看不到你的影子,生活中再也没有你的陪伴。生活还在继续,每天充实的生活,看似好像所有人都遗忘了你,但心里却从未遗忘。这里充满着有你和我们一起的回忆,到处都是你的影子,没有什么能从心里抹去。我们化工中队,是你付出了最美好的青春、挥洒了最多的汗水的军营,在这里你无处不在,可能只是某一句话或者某一件事,你的脸就会浮现在我们心里。你生为人民,死比泰山重,你不后悔当兵。和你同为战友,作为你的兄弟,我为你骄傲,为你自豪。兄弟,你知道我很想念你吗?两年了,你总是在不经意间就闯入我的心里,留下的都是回忆——美得让人能落泪的回忆。你知道我有多想再看你一眼,我们一起走着,勾肩搭背,又说又笑,我们彼此喊着兄弟,可惜,这一切都只是回忆,我再也见不到你,但又觉得你一直都在,好像未曾离开。多想我们再在一起唱歌、一起打闹、一起训练、一起聊着天南海北的事,好似没有我们不懂得的东西;多想再与你一起出生入死,在火场看到你对我挥手,看你那被大火涂满了灰尘的脸……可惜再也看不到你的影子了。你是人民的骄傲,更是兄弟们的自豪。

小伟,只有22岁的你,只经历了人生的开始,还没来得及走以后的路。为了你的责任、你的使命,舍弃了家人朋友,永远定格在那片冒着大火的废墟里。如此让人惧怕的火光是那么炽热,却又那么寒冷,那一片废墟,让你把最美好的生命留在了这里。当所有人退出远离的时候,只有你,冲在了最前面。你不畏生死,灾难面前你舍生取义,彰显了你作为军人的本质。

林光龙,这个呼和浩特籍战士,和杨小伟来自同一个城市,他比小伟晚一年入伍。在林光龙眼中,小伟俨然是一位可爱的大哥,一位要求严厉的班长。他在回忆录中写道:

我与小伟第一次见面,是我新兵下队那天。见了我,他笑得那么开心,帮我们拎着东西,那个样子简直是太可爱了,像一位大哥问寒问暖的,一点都不像一个老兵。慢慢地,他也成为了我敬爱的大哥。

二十三、浩气长存

这几年里,一直有他在照顾我。我们一起训练,一起吃饭,一起睡觉,一起偷着喝酒,有时高兴起来竟忘记违反条令的结果,我们也一起向着目标奋斗,途中坎坎坷坷,也充满着欢乐!在火场上,他总是冲在最前面,从未有过畏缩。他的笑容也在每时每刻绽放着,出警途中带着些许兴奋的笑,救火过程里彼此打招呼的笑,以及归程中带着疲倦的笑,那么开心,那么亲切。

他有一颗求知的心,凡事不会就去问。他从来不会选择沉默,从来不会选择放弃。

无论他多么优秀,还是走了,走得壮烈,走得没有一丝犹豫,他璀璨的生命停留在那一片充满着烟尘的废墟中,倒在那刺骨的寒冷中。

"兵"明明是可以扛动山丘的人,他为什么扛不动那片掩埋他的废墟!他的选择是伟大的,伟大得让这片土地充满着不舍的哀伤;伟大得让这里的人民不会忘记,伟大得让我们这帮兄弟又痛又恨。我们是不舍得——忘不掉的好兄弟。

十年姐弟情,一朝成永别。陈媛媛是一位性格开朗、美丽活泼的好姑娘。她和杨小伟从小学到初中,再到高中,一直在一起读书。她和杨小伟年龄相仿,但生日比小伟大几天,因此俩人一直以姐弟相称。她得知杨小伟壮烈牺牲的消息后,顿时天旋地转,几乎晕了过去。在那些痛苦的日子里,陈媛媛一直陪伴在杨小伟父母身边,以此来缓解自己的精神压力。她在《思念》的回忆中写道:

小伟,你好!我是姐姐。我不知道该用什么话开头,每次想起我们的过去,想起我们一起开心玩耍的日子,我眼中都满含泪水。在你的朋友中,咱俩认识时间最长了,都10年了。我至今都不会忘记咱俩第一次见面的时候,那个时候我在石小念六年级,你因为某些原因转学到我们学校,当时你给我的印象就是,这个男孩黑黑的,个子也不高,而且还不愿意说话。谁知随着时间的推移,你和周围的同学都认识了,而且越来越能说了。在那一年里,我们一起打闹过,也一起欢笑过。

马上就要升初中了,在那期间,我们都没有联系,根本不知道彼此都要去哪里上初中。当开来中学开学报到的时候，我们竟然莫名地再次遇见了。我当时还笑着说："好巧，你也在这个学校呢？"你哈哈大笑地回了我一个"嗯"就走了。我上初中的时候喜欢和你们打闹，有一天我让你叫我姐，你说你不相信比我小，我就回家偷偷地复印了户口证明，你看到才相信我比你大。是啊，我就比你大4天。就这样，你就叫了我这么多年的姐姐。从那以后，你把我当亲姐姐地对待，我把你当亲弟弟地对待。

在开来中学的时候，我由于某些原因转学了。虽然我们不在一个学校了，但我们依旧经常联系着。和你在一起的每一天我都很开心。你性格特别好，但我还是时常地提醒你要忍耐，我担心你和同学之间发生冲突，可是时间证明了我的担心是多余的。你高二的时候，我高一——因为我留级了。那时候你告诉我说，你要去当兵，开始我真的不同意，因为你的成绩很不错，老师同学都对你很好，而且当兵苦、当兵累，所以不想让你去。可是你特别倔强，你说你喜欢，你向往。最后谁都无法阻止你，身边的人都被你说服了。

2010年12月，你踏上了当兵的道路，由于我有考试，所以没有去送你。当时霄哥也在同一天去当兵了，我当时就想，如果你们俩人能在一起当兵那该多好！你们从早上一直等到晚上，终于坐上了去往哈尔滨的火车。在火车上你和霄哥相遇，并且你高兴地给我打电话："姐，我和白霄一起当兵呢。"那个时候我真的特别开心，这样你们相互就有个照应了。在新兵连的时候，你们很少能用电话，每次打电话只能说三分钟，所以我特别珍惜你们每次打过来的电话。有次你给我打电话，你告诉我那边特别冷，站军姿的时候都不可以动，流下鼻涕都不能擦，而且手都会冻得发紫。当时我真的好心疼你。当我问你累不累的时候，你说："姐，该下一个人了，我下次打电话给你。"到最后，你也没告诉我你累不累。我知道，即使累你也不说，因为这是你自己选择的路，再苦再累你也会坚持下去，这就是你。

2012年11月的时候，你们该退伍了。在那之前，你就打电话问我："姐，我该不该继续留在部队？"当时我说："还是回来。在部队受了这么多的苦了，回来吧，这边还有爸爸妈妈呢。"过几天，你又给我打电话说：

二十三、浩气长存

"姐,我决定留在部队,我想在部队多呆几年。我回去爸妈还得为我找工作呢。"我想,既然你愿意,那我赞成你留下吧。我知道你一直都是一个特别孝顺的孩子,无论什么时候你都会先想着爸妈。可你就是倔强,认定的东西你就要去完成。

2014年12月23日——我之所以记得这么清楚,是因为那天我们打电话说了好多的话。我把我在大学期间的种种事情都和你说了,而且你告诉我,你快要考科二了,我还把我的学车经验传授给你。我们那天约定好,等你回来的时候,我开车去接你,我记得当时你还瞧不起我呢。可是,我还没证明给你看呢,你就走了。我问你在哈尔滨冷不冷,你说冷。我说给你买身保暖内衣吧,你就是不要。之后我问干妈你穿的号,就给你买了。28日,我晚上回家给你打电话,你说衣服收到了,挺好的,就是尺码有点小,当时我还笑着说,凑合着穿吧,穿着穿着就大了。我们的谈话只有这些,你就要去忙了,但没想到,这竟然成了我们最后一次通话。

2015年1月1日,我在微信里收到了你的新年祝福,没有通话,只有短短几行祝福的话语。

2015年1月2日,你永远离开了我们。

我不知道该用什么言语去表达你出事后的情绪,我甚至觉得那段时候我一直活在梦里,一切都那么不真实,就是觉得那只是梦,等梦醒来的时候你依然还在。我不知道那些天是怎么过来的,有时候会自己做梦惊醒,有时候会傻傻地盯着你的照片哭出声来。时间就这样地流逝,你的离开对于你身边的任何人都是一种打击,尤其是爸爸妈妈。每个人都很痛,但是所有人的难过都抵不过父母的痛。我不想再说些什么,因为我更愿意回忆与你在一起最开心的事。

小伟,但愿有来生,我们可以继续做姐弟。认识你,从没后悔过。在我心里,永远会有个位置留给你。我爱你,我的大英雄!

在杨小伟上初中、高中期间,很多女同学对小伟的印象很深刻,认为他是一个值得信赖的男子汉。邢宏宏很早就认识了小伟,并深深地钟情于他。傅荣花是小伟的同桌,是无话不谈的好同学、好朋友。李燕、覃蕾、任燕楠等女同学都得到过小伟的热情帮助，她们病了或者遇到困难，杨小伟总会出现在她们的面前。

男同学李岚峰、陈丹阳、武金龙、贺捷等，更是把小伟当成自己的亲哥们儿，课外之余，他们在一起说笑，聊八卦，甚至打打闹闹，开心极了。当他们听到杨小伟牺牲的消息后，其悲痛心情可想而知。他们为失去这样的好同学感到非常难过，也为有这样一位英雄同学感到无比的自豪。曾经深爱着杨小伟的女同学邢宏宏在回忆文章中写道：

你还记得我们刚认识的时候吗？那个时候都特别的不好意思。2013年7月6日那天，你给我打了第一个电话。你给我打电话的时候还在打台球呢，输了还埋怨我呢！还记得姐姐刚给我们介绍的时候，你还不同意！说什么怕耽误我，给不了我想要的幸福！为此我们还老是闹矛盾呢！你还开玩笑说：要是我能等你两年，回来就和我在一起！我说我愿意等你，哪怕时间再久我都愿意！当时你就傻眼了……还记得第一次见面的时候，我们还没有在一起，你和姐姐密谋把我叫到了楚田饭馆，我都不知道你回来了，等我看到你的时候吃了一惊！一时之间不知道该说什么好。然后我们一起去你们店里见阿姨，当时把我紧张的。你还说我没出息呢！现在想想都觉得好笑！那个时候你还是不同意，我就说你一个大男人哪有那么多事儿呢，真麻烦！……不过在我长期"作战"，坚持不懈的努力下到最后我还是把你"追"到了！哈哈，其实我能理解你，理解你当时心里的想法！我是不是很懂事呀？这是我长这么大第一次坚持了那么久，整整168天！其中还不乏各种打击，不过好在以后我们在一起了，而且特别的幸福！我觉得你都体会不到我当时的心情，那么的激动，那么的开心，还不争气地失眠了。你知道了肯定会笑我吧！直到现在，我的脑海里还浮现出当时你和我说的每一句话，那么的刻骨铭心！2014年4月3日下午16:39分，你休假回来了，那是我们在一起的第109天。第一次见面，我可以离你那么近，只要伸手就可以抱到你，深深地感觉到你的体温、你的心跳，好幸福，好开心！我哭了，那是开心幸福的眼泪！那是你第一次牵我的手，第一次拥抱我，第一次为我擦眼泪……我感觉自己就像在天空中飘啊飘的，总以为是在做梦，心情久久不能平静。回来25天，我们拥

二十三、浩气长存

有了第一张合影,第一次去看桃花,第一次为我唱《我说我爱你》,第一次陪我去新华广场踢球,第一次接我下班……好多好多幸福的事!但我最幸福的不是拥有了什么昂贵而又奢华的东西,是因为我有你,只要有你在我身边我就是世界上最幸福的人,别的什么都可以无所谓!我们吵过、闹过、哭过、笑过,但我们依然很幸福!还记得我们吵架闹别扭之后,你总会在十分钟以后给我打电话哄我:"老时间老地方见!"那么多的回忆,那么多的幸福……2014年6月9日,我踏上火车去看你,看你呆了四年之久的地方到底是什么样子的。你请假陪我那么久,陪我去逛马路,陪我去太阳岛,陪我去中央大街……我们在鲜花林间漫步,小蜜蜂在花丛间飞来飞去,美丽的蝴蝶在我们的面前翩翩起舞;我们在松花江上泛舟,清澈的江水泛起洁白的浪花,打湿了我们的衣裤;我们共举一把雨伞,徜徉在绵绵细雨之中;我们紧紧地依偎在公园里的长椅上,彼此能听到对方心脏跳动的声音;我们在夜幕里的霓虹下散步,身后留下我们长长的身影……虽然很累,但我很幸福,因为你一直在紧紧地牵着我的手——从没有放开过!那时候就在想,我们要是能一辈子这样走下去该有多好多幸福!往事如电影一般浮现在我的眼前,浮现在我的脑海里,总觉得只要我伸手,你就还在,没有离开!

可是不会了,不论我怎么做,你都不会再回来了!你说过的话我都记得,一句都没有忘记过!真希望时间可以停留不前,那该有多好!以前我总以为我们会就这样慢慢地到老,一直到老,幸福到老!可是一场看似平凡而又凶猛的大火将你硬生生地带离我的身边,带离我们的生活!我恨,我怨,可是那又能如何?我知道你不会回来了!没有人会理解我那种孤独到嗓子眼,想哭又怕没人安慰、咽下眼泪继续微笑的感觉。你离开了,头也没回地离开了!你的离开就如同一面破碎的镜子一般无法重圆!那个时候我才明白,人的生命到底有多么的脆弱。生,不过是一朵花开的时间;死,亦不过是叶落的刹那。2015年1月2日,这天你永远地离开了我!离开了你最爱的爸爸妈妈!离开了你认为最好的朋友,最好的亲人!你给我的所有承诺与誓言在这一天统统都消失了!这一天将会是我一生中最痛苦最难过的一天。只希望远在天堂的你一切安好,一切顺心平安!

此生我最大的遗憾就是没能嫁给你,只愿来生让我成为你的新娘!虽然你离开了,但是我们的约定,我们的誓言与承诺,我依然会遵守!

呼和浩特市工艺品加工厂的樊俊峰,是杨小伟爸爸的朋友,他是看着杨小伟长大的。在接受我们采访时,他深情地回忆道:

  在十几年前,我认识了朋友杨贵良。当时他家有个三四岁的小男孩,长得聪明伶俐,活泼可爱。刚见到他的时候,我就被这孩子可爱的样子吸引了。一双炯炯有神的眼睛仿佛会话说,虎头虎脑的小脑袋留着小平头,红红的小脸蛋像秋天的苹果,两个小酒窝一笑特别可爱。我从内心里喜欢上了这个小精灵。一来一往,这个小家伙和我建立起了浓厚的友谊。因为我也爱小伟,小伟和我的感情越来越深,时常不见真的特别想他。我和小伟的父亲是干一个行业的,我们在一起的时间相对多一些,自然与小伟接触的时间也多了起来,因而小伟也成了我最喜欢的小朋友。我家与他家住得不远,很多时候我常去他家。慢慢地小伟也渐渐长大,上了小学,小身材活泼可爱。小伟在家里是全家人的心肝宝贝,父母把他当掌上明珠。每当我们在一起的时候,淘气的小家伙又是说又是笑,成了我们大家的开心果,总能和大人们一起互动起来。小伟是个特别懂礼貌的孩子,嘴巴特别的甜,所有的人都被他哄得心里美滋滋的。小伟从小自理能力就很强,父母亲上班,孩子自己放学回家,很少让大人操心。在学校里,小伟非常讨老师和同学的喜欢,在学校他的学习成绩是非常优秀的。夏天学校放学比较早,有时候放学了,小伟就路过我们家骑着自行车闯进院子里,喊着闹着遛一圈儿,有时连车子也不下,转一圈儿就又跑了。等你出来和他说话,他扭头和你一笑打个招呼就一溜弯地跑了。这孩子真是人见人爱,有时放学要先背着书包来我家写作业,就连写作业他都会不时地说说笑笑。不过小伟干什么都很利索,说话也干脆,真有一副男子汉的样子。他很机灵,什么事也瞒不过他的眼睛和耳朵,好多时候的表现就像一个大人,说出来的话也和同龄孩子有很大的不同。我们在一起吃饭,他可是个大人样儿,又要给这个夹,又要给那个夹,又要说,又要笑……

二十三、浩气长存

杨小伟牺牲后,他的英雄事迹立刻传遍了塞外大地。内蒙古自治区及呼和浩特市的有关部门举办了各种报告会、表彰大会,弘扬烈士的英雄精神。2015年7月30日,内蒙古自治区妇联、内蒙古军区政治部联合举办"情系国防,最美家庭"暨"好军嫂、兵妈妈"表彰大会,杨小伟的母亲岑玉兰被评为"热爱人民军队的兵妈妈",他们家被评为"情系国防最美家庭"。

内蒙古自治区妇联主席胡达古拉、内蒙古军区副政委高红光同志,向军人家属表达了敬意;内蒙古军区政治部副主任石宝龙、自治区妇联副主席李雪梅出席表彰大会。内蒙古军区驻呼官兵、"好军嫂"、"兵妈妈"代表在自治区主会场参加会议。各军分区官兵通过电视电话会议形式,在各分会会场参加了会议。

在表彰大会上,杨小伟烈士的妈妈岑玉兰代表"兵妈妈"在大会上发言。她移步上台,饱含激情地说:

> 对于出生于普通农村家庭的我,也许在少年时就与人民军队结下了绿色情缘。在我心目中,军人是那么崇高,那么荣耀,那么伟大。我也曾梦想穿上那身威武的"国防绿",成为一名女兵,但由于当时种种条件限制,梦想最终没能实现。2010年,我儿子积极响应国家号召,参军报国。小伟入伍后我经常告诉他:"儿子,要在部队好好干,听领导的话,听党的话,多学本领,专心训练。家里面你不用担心。"这是我对儿子的思念,也是对儿子的期望,更是对儿子伟大壮举的骄傲。每次想到这些,我的眼泪就忍不住地在流。勤劳能干的小伟入伍后,多次被评为优秀士兵和训练标兵。因为表现突出,部队对他做出优先留队、优先选改士官的决定,第三年他就光荣地加入了中国共产党。作为母亲,我为他骄傲,为他自豪。然而,我现在成为了一名军人的母亲,一名烈属,同时也深深地体会到军人肩上的职责和使命。
>
> 年初,儿子高兴地打电话说:"妈妈,我今年过年可以休假了,到时候一定回家陪您们二老过年!"然而,我没有等到儿子回家过年的团圆,却等到了儿子牺牲的噩耗。今年1月2日,小伟在一次仓库救火中不幸牺牲,年仅22岁。当我看到电视里第一次播出救火画面的时候,我根本没

有想到，那穿着厚厚的防火服，带着钢盔、被大火吞噬的消防战士会是自己的孩子。直到小伟服役的部队领导给我们打电话通报，我才意识到小伟——我的儿子，他再也回不来了……说实在话，那段时间，我都不知道是怎么熬过来的，眼泪基本都哭干了。每天对着小伟生前的照片发呆，怎么想也想不明白，昨天还跟我打电话问好，今天怎么突然就没了。那段救火的新闻视频，我是一遍一遍地看，发了疯一样地找，不住地在找那熟悉的身影，找我那可爱的孩子。

  人生最悲痛的事莫过于白发人送黑发人。当看到电视里播出小伟的照片，当听到小伟被评为烈士，当看到那么多关心、支持我们的人在网上为小伟祈福，为我们家人祈福，我非常感动，也非常欣慰。手机微信里的一首诗作《妈妈，你别哭》，我不知看了多少遍，每次翻看我都会泪流满面、泣不成声，我会感到这是儿子小伟在遥远的天国里呼唤我、安慰我。有人问我，你后悔送孩子当兵吗？我总是坚定地告诉他们，我不后悔。小伟这个兵是合格的，是好样的！他没有辜负国家和部队的期望。妈妈永远为你骄傲！

  儿子入伍的时候，我丈夫就身体不好，也不能干重活儿，我们就靠打工维持生活。2012年，我丈夫又患上了严重的心脏病，做过两次心脏手术。家里有年迈的公公婆婆，我还有八十多岁的老父亲，都需要人照顾。有好多人说，你家这么困难，何不借此机会让部队和政府帮助帮助。我觉得，小伟是为了保卫国家生命财产牺牲的，作为家长，我们不能因此对组织提出任何要求，决不能辜负了烈士母亲这一神圣的荣誉！

  像我们这种中年丧子的人群，现在社会上有一个流行的名称叫"失独者"。但我觉得我们并不孤独，我的儿子虽然走了，但我又收获了更多的孩子。小伟生前所在部队的战友，经常打电话来陪我们聊天，小伟的好朋友也说要把我们当成自己的父母，为我们养老送终。还有县武装部、民政局等部门的领导，经常来家里看望慰问。今年"八一"节，我又有幸被自治区妇联和内蒙古军区政治部表彰为"战士喜欢的兵妈妈"。

  我们的儿子为了保护人民生命财产安全，他走了！我们的痛苦是常人体会不到的。党和政府、人民不会忘记他，感谢党和政府对我们的关

二十三、浩气长存

心。借这个机会,我也想对台下年轻的战士们说:"孩子们,在部队好好干,一定要对得起这身绿军装!"

兵妈妈岑玉兰的话情真意切,赢得了一片热烈的掌声。

杨小伟的事迹感动了青城,感动了整个内蒙古。

2016年5月,杨小伟烈士被呼和浩特市精神文明建设委员会评为第五届"最美青城人"暨2015年度呼和浩特市"道德模范"。

2016年12月,呼和浩特市精神文明建设委员会办公室在"我推荐、我评议身边好人"活动中,杨小伟烈士光荣入选2016年"青城好人榜"。

杨小伟烈士的英雄事迹,通过广播电台、电视、报纸和网络等媒体传遍了千里草原,从烟波浩淼的松花江畔到波涛滚滚的黄河之滨,时代的最强音在辽阔的大地上回荡。一个普通战士的光辉形象,像高山一般耸立在人们心中。那永不熄灭的青春之光,点燃了人们心中的理想,激励着人们在共圆民族复兴伟大中国梦的征程上更加努力地奋进!

英雄不死,浩气长存!

附录

歌颂英雄
杨小伟诗词选

悼念救火英雄杨小伟

朱成德

熊熊烈焰烤云波,
殉职英雄谱壮歌。
耿耿丹心昭日月,
铮铮铁骨动山河。
魂归故里追恩运,
血洒冰城感泪多。
灿烂青春堪典范,
名垂千古永存活。

(作者系大学教授,诗人)

时代楷模

——悼哈尔滨"1·2"大火杨小伟烈士

罗丛龙

这是危急一刻，
商厦突燃大火。
浓烟封门，
烈焰喷射。
少数顾客被困，
惊慌失措。

这是忘我一刻，
小伟火海穿梭。
背出一个，
又领一拨。
明知身临险境，
毫无惧色。

这是惊天一刻，
楼顶骤然塌落。
高山仰止，
松江泣波。

附录:歌颂英雄杨小伟诗词选

烈火中永生,
含笑英魄。

这是辉煌一刻,
青春绽放光热。
有限人生,
无尽硕果。
哈尔滨矗起,
时代楷模。

(作者为中国作家协会会员,诗人,内蒙古兴安盟诗词学会会长)

迎杨小伟烈士魂归故里

彭平阳

熊熊火海敢冲锋，
烈士消防勇献身。
清水河鸣哀乐绕，
陵园肃穆迓忠魂。

涅槃的凤凰

云国梁

那是一个寒冷的冬天，
119 的警铃骤然拉响。
火警就是命令！
消防车急促鸣叫着，
像离弦的箭一样冲向火场。
隆冬的季节，
中国的北方，
哈尔滨市道外区一场火灾的浩劫
吸引了世人惊愕的目光。
这注定是一场血与火的洗礼！
就像是演出已经开场，
剧情必将起伏跌宕。
而你——杨小伟，
共和国的一位年轻卫士，
武警哈尔滨消防中队的班长，
带着责任与担当，
带着英雄的胆量，
带着大无畏的精神，
以主人翁的姿态闪亮登场。

火场从来就是战场!
这里除了紧张,
还是窒息般的紧张,
硝烟弥漫如同打仗。
恶毒的火舌吞噬着居民的楼房,
吞噬着群众的商铺和市场,
浓烟滚滚冲天而上,
肆无忌惮的火势,
竭尽所能地疯狂。
在这个危急的时刻,
战友群中一个声音格外铿锵:
我是共产党员,我先上!
面对着熊熊燃烧的烈火,
是你——杨小伟,
用力把战友拦在身后。
为了把凶猛的"敌人"一扫而光,
你大义凛然地举起了手中的水枪。
啊,你就是今天的董存瑞,
你就是新时代的黄继光。
你不愧是冲锋陷阵的英雄,
你不愧是赴汤蹈火的榜样。
面对着险象环生的火场,
你和你的战友们一道,
连想都不用想,
就毅然挺起了共产党员的胸膛——
挺起的是共和国的脊梁!
你们同仇敌忾,
你们斗志昂扬。
手挽手与这突如其来的灾难,

展开了殊死的搏斗和较量。
一场惊天动地的灭火围歼战役,
就这样,就这样一次次地打响……
作为专业的消防队员,
你们有着专门的特长。
平时的救灾训练过程当中,
就曾经历过无数次生与死的考量。
你们非常清楚,
火灾在自然灾害中最是无情,
因为它蕴藏着极其可怕的能量。
所以,和平年代里,
与它搏斗就意味着牺牲和死亡。
但是,你们是人民的消防警察,
你们的品德和思想,
早已被革命的英雄主义武装!
在异常严峻的考验面前,
躲避就等于叛变,
退缩那根本就是投降!
而你们生来就只会迎难而上。
啊,好男儿志在沙场!
火借风威,风助火狂。
瞬息万变的火情,
发生了谁也不愿意看到的情况。
被烈火淫威肆虐过的高楼,
竟然出现了大面积的塌方……
这是怎样一种无法用言语表述的惨烈啊!
是多么难以置信的悲壮!
杨小伟,以及十八位亲密的战友,
被无情地压在了下面,

被压在楼房里边清理残火的现场!
空气似乎被凛冽的寒风冻结了,
乌云密布泼墨般地笼罩着,
城市没有了往日的喧嚣和光亮。
"金色盾牌热血铸就,
危难之处显身手。"
这首催人热血沸腾的歌高亢而激昂,
在辽阔的大地上久久回荡。
这是整个中华民族的旋律!
是在为你们而唱响,
是在为你们而嘹亮。
啊——救火英雄杨小伟,
作为草原的儿子,你回家了。
你的身影已经幻化为一只凤凰,
翱翔在一望无际的辽阔牧场,
感受着遍布原野的鲜花的芬芳;
你的音容已经变成了一朵浪花,
奔流在一泻千里的湍急河上,
欣赏着沿河两岸旖旎的风光。
啊——杨小伟,
你更是共和国的儿子!
因为,是共和国母亲哺育了你的成长。
同样,你也没有让母亲失望,
因为,在二十一世纪的一个冬天里,
你给共和国增添了辉煌!

(作者为呼和浩特市公安局公交分局政委)

消防战士小伟赞

高尚儒

安全与宁静
是人民的渴望和初衷
我们的热血男儿
肩负起神圣的使命
兴致勃勃地参军
给人们带来了和平

为了天下的人民
有个健健康康的成长基因
有个平平安安的生存环境
他们踏踏实实守护着家园
一心一意实现着美丽的中华梦
因为那些硝烟被正义扑灭了
战火不会再延伸

但是
天有不测风云
一场大火来势汹汹
来自于东北的哈尔滨

我们年少的杨小伟

是一位年轻的消防兵

接到神圣的使命义无反顾地服从

然而

疏忽和漏洞

阻隔了我们的进程

堵塞住我们的中枢神经系统

整个楼宇被恐怖所笼罩

熊熊火焰居然想吞噬年轻的生命

麻木后给我们痛定思痛

生长在无忧的和平环境

竟会遏制蓬勃的青春

人生才刚刚跨过二十二个春冬

幸福的家庭在期盼他

祖国的大梁待他们来撑

荣华富贵置之脑后

抛下茹苦含辛的父母亲

舍弃了大好江山的风景

在黑暗中冲锋陷阵

留给我们的是无限光明

家乡的上空常常在萦绕着一个声音

那就是不屈的英雄

千呼万唤的小伟英雄

不愧大山孕育的农家子弟

我们的武警战士

人民的真正英雄

悼杨小伟

张全载

小伟,清水河一支血脉
从这里,你潺潺流出
似一股清泉
带着夏花的芬芳

老父的皱额
刻出你年轮的品质
慈母的目光重复着
"岳母刺字"
铭骨的冀望

哈尔滨那场天灾大火
让作为消防班长的你
如凤凰涅槃般
奋身隐去了稚嫩的翅膀
青山招魂,黄土吟泣
慈母的目光,满含泪水
病父的喃语,终唤不回你
骨肉的灵光

内蒙古革命烈士纪念馆里
你已站成一尊人人仰视的雕像
明澈的眸子
仍注视着前方

以国为家,勇于担当
你精神的烈焰
已化为一枚
熠熠生辉的勋章

再听一句亲切的乡音
再为你献上泣血的祭文
长城为你舞蹈
黄河为你歌唱

附录:歌颂英雄杨小伟诗词选

永恒的思念

刘海豹

那一刻
烈火中的一声轰然
把你二十二岁的青春
定格成永恒
一只浴火的凤凰
把你青稚的灵魂
燃成了不朽

从此
在家乡的青山上
多了一棵挺拔的劲松
在故乡的清溪里
多了一汪映月的清韵

二十二岁的青春年华
会开出怎样绚丽的花朵
你不会知道
你只知道
面对生命与责任
断然选择了后者

让生命的瞬间
开得灿烂如花

用挺拔
丈量你的高度
苍松仰止
用大山衡量你的分量
东岳若轻
你用年轻的生命
诠释了英雄的概念
用沸腾的热血
铸就了军人的忠魂

村口,父亲的等待站成一棵青松
思念的松叶长得茂盛
秋风梳理过的诗句
飘落在老屋的院中
一层层如山沉重

母亲用村边的清溪
浣洗你童年的记忆
那记忆
是暮秋的枫叶
一片片
写满了服从

再也看不到你
放牧山坡的身影
那身影已羽化成
一只凤凰
随风远去了

你童年的故事
已长成了漫山遍野的青草
放牧着故乡的明天
老父的牧羊曲婉约在草尖
母亲的思念凝成草尖上的露珠
微风吹过
一点一滴洒落在故土

蝶恋花·杨小伟烈士魂归故里

陈光武

大火熊熊何所畏。
愈到危时,
方显英雄气。
猎猎红旗知汝意,
救人只为终身誓。
自古人生谁不死。
烈士精神,
堪与泰山比。
闻道英雄归故里,
草原万里同相祭!

附录:歌颂英雄杨小伟诗词选

蝶恋花·父母知你心

陈光武

别个生儿为防老,
我的孩儿,
献给国家了。
纵使哀伤难诉表,
遗容前面也骄傲。
干这一行心早晓,
危险无时、不在身边绕。
甘与死神相舞蹈,
鲜花总为他人笑!

在烈火中永生

——沉痛悼念2015年1月2日哈尔滨大火中为救火牺牲的内蒙古籍烈士

陈光武

1月2日哈尔滨的那场大火,
人人哀痛,举世震惊。
现场百姓无一伤亡,
而你们——消防战士,
却献出了鲜活的生命。
你们,仿佛是为济世而存在,
你们,仿佛是为救火而诞生;
救苦救难是你们的天职,
以命换命就是你们的崇高使命。
你们用自己的生命,
去保全他人的财产和生命;
你们用自己的生命,
换来了一个个家庭的完整和康宁。
你们是草原的骄子,
没有辜负人民的希望;
你们是民族的英雄,
可你们的人生才刚刚起步,

还那样年轻……
我读过郭老的长诗——《凤凰涅槃》
你们就像那涅槃彩凤,
当火舌吞噬着一切,
死神露出了狰狞,
而你们的英魂,
却在这熊熊燃起的烈火中,
得到永生!

(作者为赤峰市松山区诗词学会会长)

英名长存

——献给为扑灭大火而英勇献身的战士杨小伟

郑 贤

烈火熊熊染九霄,
千钧一发立除妖。
继光存瑞脑中闪,
军号党旗心里骄。
勇士猛搏捐血壮,
嫦娥痛悼赞歌高。
丰碑又矗民族傲,
化作诗行更绽娇。

附录:歌颂英雄杨小伟诗词选

叹 咏

汪志军

冰城热浪毁民生,
泪洒军营勇士征。
崇敬哀思辞后卫,
哀思崇敬抢前锋。
楼成火海门难进,
命殒消防路未通。
惨烈寒风声恫恫,
英魂告慰化奇松!

怀念杨小伟烈士

徐瑞福

赴汤蹈火救民危,
壮举惊天告慰魂。
战士英姿有血性,
家乡父老好儿孙。
灵归故里红沃土,
清水山川垂泪悲。
绿野荒原育英烈,
中华品德葆长存。

西江月·悼念杨小伟烈士

刘凤英

警报声声刺耳,
浓烟滚滚漫天。
投身火海为民安,
哪管厦倾路断。

雨洗萧岗松翠,
魂归故里花鲜。
爹娘有泪不轻弹,
真个英雄好汉。

青春无悔

刘凤英

昨晚聊天话语亲，
今朝老母祭儿魂。
英雄无畏扑魔火，
热血一腔为众民。

悼念救火英雄

姜菊荣

恶火猖獗大厦倾，
商民似梦魇中惊。
呼天救命天无意，
求警夺财警舍生。
百姓得安哭华少，
英雄含笑赴冥城。
和平年代谁最美？
心爱家国热血兵。

缅怀杨小伟烈士

陈秀玲

无情烈焰储仓燃，
消防官兵速救援。
璀璨青春毁火海，
满腔热血染霞天。
先锋誓愿仍萦耳，
军旗飘扬更亮颜。
敬请英雄归故里，
青松翠柏保家安。

临江仙·赞哈尔滨大火英勇献身的杨小伟烈士

孙 虎

大火袭来惊午梦,
萧萧悲咽狂风。
房塌楼倒噬苍生。
街头和巷尾,
凄惨叫喊声。
消防大军闻讯动,
救人扑火冲锋。
冰城百姓得安宁。
英雄杨小伟,
浩气贯长虹。

怀念烈士杨小伟

孙 虎

短暂青春二秩三,
惊人壮举震河山。
火中百姓脱危险,
烈士英名遍草原。

减字木兰花·缅怀冰城大火中英勇献身的消防战士杨小伟

李桂霞

树静风止,
烈士英魂归故里。
烟裹危楼,
身着橙装何所求?
凤凰浴火,
刹那重生虹之左。
百姓康安,
梦里高原花草鲜。

那颗星星，就是你

——写给烈士杨小伟

芳　草

飞蛾扑向烈火
为追寻光明义无反顾投身而去
凤凰扑向烈焰
生命绽放出永恒的美丽
你消防战士杨小伟
你扑向浓烟的残忍
你扑向火舌的肆虐
你扑向死神的狰狞
你扑向生命的绝壁
是因为你选择了这份职业
就意味着奉献
就意味着不能退缩
就意味着危难之时必须冲上去
就意味着香消玉碎永不后悔

也许你也会有别的选择
你也会创造奇迹
有鲜花有掌声

有众星捧月

有欢歌笑语

然而你把这些放弃

你义无反顾地走向了消防战线的岗位

你的青春在云梯上闪现——

车间库房商场

山野悬崖峭壁

你的生命在烈火中永生——

辉煌璀璨亮丽

可歌可泣

……

哦,小伟你在哪里

多想摘一片故乡的云送给你

轻轻地轻轻地

把你额头上的汗水拭去

多想送上一杯清水河里的水

润一润你干渴喉咙

让你在天堂永远感觉着家乡的滋味

我仰望星空在寻找你

小伟,你在哪里

我不追寻什么歌星影星

更不羡慕那驿动的虚伪

我在天河的深处找到了你

纯真明亮深邃

那颗星星就是你,就是你

……

怀念杨小伟

林国玺

孩子
想起你,我便泪眼盈盈

2015 年 1 月 2 日
零下 30 度的冰城
竟然让一场大火肆意为虐
残酷无情
克火必以水
你用你那颗寒于水的冰心
为拯救更多的即将被吞噬的性命
在火海中,一次又一次地
发起了冲锋

孩子
你的举动
让我想起了好多词来定义
临危不惧

奋不顾身
出生入死
舍生忘死

孩子,你没有走
你那颗冰心
依然在烈火中跳动

后　记

　　本书在写作过程中，深入采访了英雄杨小伟生前所在部队黑龙江省哈尔滨市消防化工中队的全体指战员；深入采访了英雄杨小伟的父母杨贵良、岑玉兰；采访了杨小伟曾经就读的幼儿园、开来小学、开来中学的老师和同学们；采访了英雄故乡盆地青村的亲人、乡亲和英雄幼年时的小伙伴们，他们为本书的创作提供了大量的真实素材。

　　本书在写作过程中得到哈尔滨市消防支队、消防大队、消防化工中队的大力支持；得到了呼和浩特市委宣传部、民政局、优扶办全力配合；得到清水河县委、县政府、县委宣传部、武装部、民政局和乡镇领导的大力支持和关注。

　　本书在写作过程中，苏芝英、郝世秀、高荣、高华、贺云飞、苏芝军、王俊等同志提出了许多宝贵的意见和建议。尤其是苏芝英同志，在百忙之中亲自动笔对书稿进行润色加工，使其质量有了进一步的提高。

　　在本书出版过程中，得到远方出版社的大力支持。社长苏那嘎，编辑张宝肖和胡丽娟同志付出艰辛的劳动。张宝肖和胡丽娟担任责任编辑，几度审稿，提出许多宝贵意见。

　　在此，一并向上述单位和同志表示衷心的感谢！

作　者
2017 年 6 月 12 日

图书在版编目(CIP)数据

青春之光 / 陈广斌著. — — 呼和浩特：远方出版社，2017.4

ISBN 978 – 7 – 5555 – 0844 – 1

Ⅰ. ①青… Ⅱ. ①陈… Ⅲ. ①纪实文学 – 中国 – 当代 Ⅳ. ①I25

中国版本图书馆 CIP 数据核字(2017)第 083231 号

青春之光
QINGCHUN ZHI GUANG

作　　者	陈广斌
责任编辑	胡丽娟　张宝肖　张利君
装帧设计	王改英
出版发行	远方出版社
社　　址	呼和浩特市乌兰察布东路 666 号　邮编:010010
电　　话	(0471)2236470 总编室　2236460 发行部
经　　销	新华书店
印　　刷	呼和浩特市达思特彩色印务有限公司
开　　本	170mm×240mm　1/16
字　　数	200 千
印　　张	11.75
版　　次	2017 年 4 月　第 1 版
印　　次	2017 年 11 月　第 1 次印刷
印　　数	1—3000 册
标准书号	ISBN 978 – 7 – 5555 – 0844 – 1
定　　价	38.00 元

如发现印装质量问题,请与出版社联系调换